색다른 44가지 이상한 이야기

색다른 44가지 이상한 이야기

발행일	2022년 11월 16일

지은이	이성환		
펴낸이	손형국		
펴낸곳	(주)북랩		
편집인	선일영	편집	정두철, 배진용, 김현아, 류휘석, 김가람
디자인	이현수, 김민하, 김영주, 안유경	제작	박기성, 황동현, 구성우, 권태련
마케팅	김회란, 박진관		
출판등록	2004. 12. 1(제2012-000051호)		
주소	서울특별시 금천구 가산디지털 1로 168, 우림라이온스밸리 B동 B113~114호, C동 B101호		
홈페이지	www.book.co.kr		
전화번호	(02)2026-5777	팩스	(02)3159-9637

ISBN	979-11-6836-596-4 03810 (종이책)	979-11-6836-597-1 05810 (전자책)

(주)북랩 성공출판의 파트너

북랩 홈페이지와 패밀리 사이트에서 다양한 출판 솔루션을 만나 보세요!

홈페이지 book.co.kr • **블로그** blog.naver.com/essaybook • **출판문의** book@book.co.kr

---

작가 연락처 문의 ▸ ask.book.co.kr

작가 연락처는 개인정보이므로 북랩에서 알려드릴 수 없습니다.

이상한 회계사의
시와 산문들

색다른
44가지 이상한 이야기

이성환 지음

 북랩

머리말

나는 숫자가 내 운명과 깊은 관계가 있다고 믿고 있다.

고등학교 다닐 때는 숫자가 약간 묘하다고 느꼈지만 별 의미를 두지 않았다. 나의 1학년 학번은 1210, 2학년은 2448, 3학년은 3636이었다.

회계사 등록번호 2244를 받았을 때 약간 이상하다는 생각이 들었고, 그 후 아파트를 분양받았을 때 숫자가 나의 운명과 밀접한 관계가 있다는 희한한 생각을 가지게 되었다.

신혼생활은 전셋집에서 했지만 5년 뒤 22평을 분양받아서 이사했고, 그 5년 뒤에 우연한 계기로 44평을 분양받아서 이사했다. 2244가 이루어졌다.

그 후 바쁘게 회계사로 생활하느라 한동안 잊고 있었는데, 50세가 되었을 때 그 운명과의 관계를 어렴풋이 느꼈다. 인생 100세 시대라고 신문과 방송에서 이슈를 삼던 때였다. 나의 후반부 50년은 어떻게 흘러갈 것인가가 머릿속에 계속 떠올랐다. 50과 100이라는 숫자가 계속 생각났다.

한동안 고민한 끝에 숫자를 따르기로 마음먹었다. 모든 사회생활을 중단하고 시골집에서 책을 읽기 시작했다. 10년쯤 지났을 때 나의 미래를 알 수 있었다. 너무 실망스러웠다. 나의 미래 50년은 나의 과거 50년과 거의 같을 것이라는 생각이 들었다.

우리의 생활은 관혼상제나 중요한 만남 등 특별한 행사를 제외하면 매일매일 일상적인 것으로 가득 차 있었다. 어제 일어났던 일이 오늘 또 반복되고, 오늘 일어나는 일이 내일 또 반복되는 것이었다. 잠시 생각해 보니, 옛날 사람들도 그렇게 살았다는 생각이 들었다.

지난 10년의 세월이 아까웠다. 차근차근 생각을 정리하면서 메모하기 시작했다. 그리고 44편의 시와 44편의 수필을 썼다.

2022년 11월

이성환

차 례

: 44가지 색다른 이야기

: 44가지 이상한 이야기

44가지
색다른 이야기

[서문]

몇 년 전이었다.

TV에서 누군가가 '보라빛 엽서'를 불렀다.
가슴이 뭉클해지면서 눈물이 핑 돌았다.

참, 나에게도 낭만이 있던 시절이 있었지.

몸 어딘가에 숨어 있던 감정이 되살아나면서
아련한 옛 날들이 희미하게 떠올랐다.

까맣게 잊고 있었던,
누군가의 것이 되어 떠나버린 나의 청춘이
저만큼 가까이 되돌아와 있었다.

詩를 쓰고 싶은 충동이 일었다.

「청춘 컴백」을 썼다.

그리고 계속, 계속 썼다.

하고 싶은 이야기를 담담하게 썼다.

인생

어디서 타는지도
어디서 내려야 하는지도 모르는 긴 여행

낯선 곳으로,
낯선 곳으로 흘러간다.

조물주는 끊임없이 옆자리에 누군가를 밀어 넣고 빼면서
인연과 악연을 머뭇거림 없이 만들어 내고
새로운 곳의 기대로 희망을 품게 한다.

영광을 주면서 한없는 기쁨과 끝 모르는 오만을 갖게 하고
실수와 실패로 깊은 슬픔과 헤어날 수 없는 좌절감을 안긴다.

끊임없는 유혹과 갈등 속에서
우연으로 가장한 반전이 반복되며
저마다의 가슴 시린 사연들이 영글어간다.

내 뜻대로인 줄 알았으나
언제나 아니었다.

시간의 사막을 지나온 자만이 세월의 덧없음을 알게 하고
한겨울 차가운 바닷바람으로 만선의 꿈을 깨게 한다.

이제 미몽에서 깨어나
무력하게 내릴 곳을 하염없이 기다린다.

손금

운명은
엄마의 뱃속에서 나와
작은 손바닥을 펴면서 시작된다.

이 선을 따라 누구를 만나고
저 선을 따라 재물을 모으고

이곳을 지나고
저곳에서 쉬고

빨리 가고
늦게 가고

쉽게 가고
힘겹게 가고

재미있게 가고
지루하게 가다

먼바다에 닿으면서
끝난다.

나그네

뭉게구름이 산길을 가는 나를 불러 세운다.
어딜 그리 바삐 가시는가.

아무 말도 못 하고 서 있는데,

산 중턱의 허리 굽은 노송이 안쓰럽다는 듯 말한다.
자네 같은 사람 많이 봤다네.

산길 따라 듬성듬성 피어 있던 꽃들이 들릴 듯 말 듯 말한다.
당신도 우리와 같은 신세군요.

그럼 저 고개에서 잠시 쉬었다 갈까 하는데,

이 꽃 저 꽃 기웃거리던 나비가 무심하게 말한다.
소용없어요. 고개 너머 또 고개거든요.

낙원

엄마가 글 쓰고 있는 책상 아래에서 아기가 논다.
엄마 발가락을 꼼지락꼼지락 만지면서 논다.

엄마가 글 쓰고 있는 책상 아래에서 아기가 잔다.
엄마 발가락 옆에서 스르르 잠든다.

책상 위에는 엄마의 꿈동산이 펼쳐지고
책상 아래에는 아기의 꿈나라가 펼쳐진다.

엄마의 마음

명절이 오면
아이들은
해맑은 모습으로 왔다가
해맑은 모습으로 돌아간다.

아내는 무정하다 말하지만
아이들은 알까.

낯선 서울에 아들을 남겨 두고
밤 기차를 탄 엄마는
내려가는 기차 안에서 얼마나 슬펐을까.

강원도 산골짜기로 면회 온 엄마는
아들에게 넉넉하게 용돈을 주지 못해서
돌아가는 버스 안에서 얼마나 긴 한숨을 쉬었을까.

아버지가 되어서야
엄마의 마음을 느낀다.

바보 아내

아내가 이상하다.

이것도 기억나지 않는다,
저것도 본 적 없다고 한다.

처음부터 바보였는데
가끔 대충 생각하는 내 성격 때문인지
운명의 장난으로 콩깍지가 씌었는지
뭐가 뭔지 전혀 알 수 없었다.

그러다가,
그 바보가 무심코 하는 말에
뭐가 뭔지 알 수 있었다.

내가 재미없는 말을 하고 있으면
아내는 조용히 상상의 날개를 펴는 것이었다.

그러니까,

내가 논에서 재미없는 일을 하고 있으면

아내는 논에 있던 호미 하나를 들고

산 너머 콩밭으로 가버리는 것이었다.

그러니,

콩밭으로 가버린 후에

논에 사슴 떼가 나타났는지

논에서 여우들이 댄스파티를 열었는지

알 게 뭐야.

휴, 다행이다.

회상

아내가 소파에 앉아
앨범 속 사진을 보고 있다.

아내 왼쪽에도
아내 오른쪽에도
앨범들이 쓰러져 있다.

아내는 과거로 여행 중이다.

중년의 여인에서
젊은 엄마가 되었다가
아가씨가 되었다가

순서대로 가다가
뒤죽박죽으로 가다가

먼 훗날 앨범을 보면서

그리움 가득한 표정을 지을

오늘을 여기에 두고

과거로,

과거로 가고 있다.

마이웨이

기타를 샀다.
기타리스트가 되려고 샀다.
유튜브에서 현란하게 기타 치는 사람을 보았다.
기가 죽었다.

물감과 붓을 샀다.
화가가 되려고 샀다.
고흐의 해바라기 그림을 보았다.
납작하게 인쇄된 그림에서 질감이 느껴졌다.
기가 죽었다.

세계적으로 유명한 피아니스트가 말했다.
하루 열 몇 시간씩 삼십 년을 쳤더니
나를 보고 천재 피아니스트라고 말하더구먼.

휴, 쉬운 게 없구먼.

내가 제일 잘할 수 있는 것은 뭘까.

별

깜깜한 산 밤하늘에 별이 쏟아진다.

어린 왕자가 사는 별이 있고
주정뱅이가 사는 별이 있고
바오밥나무가 사는 별이 있고

깜깜한 밤하늘에 내가 떠 있다.

어린 왕자가 쳐다보고
주정뱅이가 쳐다보고
바오밥나무가 쳐다보고

깜깜한 밤하늘에 내가 떠 있듯이

내 할아버지가 떠 있었고
내 아버지가 떠 있었고
내 딸이 떠 있다.

늦기 전에

떠나기가 쉽지 않다.

떠나려면,
이것저것 하나하나 정리해야 하는데
이것도 마음에 걸리고 저것도 마음에 걸린다.
간단하게 살아온 것 같은데
복잡하게 얽혀 있다.

언제나 생각만 할 뿐 행동으로 옮길 수 없다.

내가 좋아하는 일은 따로 있지만
하루하루 좋아하지 않는 일을 그냥 한다.

자신의 길을 찾아 떠나야 하는데
용기가 없다.

누군가의 도움이 있으면 용기를 낼 텐데
누군가는 도움보다 반대를 한다.

그러면서 세월은 흘러간다.

나이가 들면,
승리의 월계관보다는
실패의 청구서가 더 신경 쓰여
자기 자리에 얌전히 앉는다.

청춘 컴백

TV에서 누군가가 '보라빛 엽서'를 불렀다.
가슴이 뭉클해지면서 눈물이 핑 돌았다.

몸 어딘가에 화석처럼 굳어져서
있는 줄도 몰랐던 감정이 한 조각 한 조각 되살아나
아련한 옛 날들을 불렀다.

까맣게 잊고 있었던,
누군가의 것이 되어 떠나버린 나의 청춘이
저만큼 가까이 되돌아와 있었다.

청춘이 되돌아온 듯한 착각에 빠진다.

선글라스를 끼고 거울을 보면서
휘파람을 불고
머리도 매만지고
옷매무새를 고친다.

나도 모르게 노래 가사를 흥얼거린다.

내게 애인이 생겼어요
너무 좋아 죽습니다

꿈의 대화

시를 쓰신다고 해서 시를 알고 싶어 찾아왔습니다.

시를 쓰는 사람을 찾지 말고 시를 찾아가십시오.
시인은 몸만 있을 뿐 시인의 정신은 시에 있습니다.

이 시는 어떻게 해석하나요?

시는 해석이 필요 없습니다.
시인은 시인의 생각대로 시를 쓰고
독자는 독자의 느낌대로 읽으면 됩니다.

시를 배우고 싶습니다.

시를 해부하십시오.
수련의는 시체를 해부하지,
가르치는 교수님을 해부하지 않습니다.

순간 여자의 눈빛이 싸늘하게 변했다.
나를 해부하려는 눈빛이었다.

깜짝 놀라 이불을 걷어찼다.

현실

현실은 아름답기도 하지만 더럽기도 하다.

현실은 정의롭기도 하지만 비열하기도 하다.

현실은 어느 영화 제목처럼

좋은 놈, 나쁜 놈, 이상한 놈들이 섞여 있기 때문이다.

우리들의 자화상

젊은 엄마가 아이를 데리고 간다.

초록색 잎을 가진 빨간 동백꽃 옆을 지나간다.
무표정한 얼굴로 간다.

자신은
짙은 초록색 동백꽃 잎사귀보다
더 탱탱한 젊음을
가진 줄 모르고
간다.

남들이 가진
그저 그런 것들을
부러워하느라

화창한 봄날에
싱그러운 여름이
기다리는 줄 모르고
간다.

시든 꽃잎처럼
간다.

집착

도서관 그 자리는
언제나 내 자리였다.

자주 본 사람들도
자기 자리가 있었다.

어느 날 낯선 사람이
내 자리에 앉았다.

불안한 마음으로
다른 자리에 앉았다.

그 자리가 편했다.
그 자리가 내 자리가 되었다.

집착이
장벽을 만들고 있었다.

집착을 버리니
장벽이 사라졌다.

고독

누군가가 말을 건다.
내 의사와 관계없이

누군가가 말을 한다.
내가 이해하기 힘든

누군가가 말없이 간다.
내가 질문을 하면

인명은 뭐시라

나라가 가난하고 고을에 훈장님이 있을 때는
'인명은 재천(天)'이라고 하다가,

나라가 좋아지고 방방곡곡에 자동차가 넘칠 때는
'인명은 재차(車)'라고 바꾸었고,

온 나라가 좋아지고 나라 안팎으로 관광객이 넘칠 때는
'인명은 재균(菌)'이라고 바꾸었다가,

온 나라가 플라스틱으로 뒤덮이고 극지의 얼음이 다 녹을 때는
'인명은 재월(月)'이라고 할 것이다.

형님

나이가 같은 사람을 만났다.

생일이 몇 달 빨랐다.
돈이 많아서
형님으로 불렀다.

나이가 많은 사람을 만났다.

돈이 없어서
당신은 아니야 하는 뜻으로
씩 웃으면서 지나갔다.

돈이 형님 되었다.

낙담

창밖이 훤해서
새벽이 온 줄 알았더니
지나가는 자동차 불빛이었다.

동네가 떠들썩해서
큰 바위 얼굴이 나타난 줄 알았더니
평범한 허풍선이었다.

검정 구두

신은 지 얼마 안 되어
나갈 일을 잃었다.

신나게 다니던 녀석도
나도 풀이 죽었다.

가끔 서로 힘내자고
툭툭 먼지를 털었다.

바라고 있던
나갈 일이 생길 것 같았다.

기쁜 마음에 신나게 솔질을 했지만
녀석도 나도 빛나는 법을 잊었다.

구두 할아버지에게 데리고 갔더니
녀석은 금방 예전 모습을 되찾았다.

녀석은 의기양양하게
자기 자리로 돌아갔다.

기다리고 있던
나갈 일은 생기지 않았다.

어쩌나, 이제나저제나
기다리고 있을 텐데.

우리 집 소파

아침에는 일어났다고 엉덩이로 알리고
덜 깬 잠으로 연방 하품을 하면서
슬쩍 기대어 쪽잠을 자는 곳

갈 곳 없는 오후에는 죽치고
멍하니 공상하다가
못마땅한 아내의 잔소리를 듣는 곳

재미있는 프로가 시작되는 저녁에는
온 가족 엉덩이가 모여
커피를 마시며 잡담을 하는 곳

아내가 삐치면 침대가 되고
깊은 밤에는 영화관 좌석이 되고
잠 깬 새벽에는 드러누워 잠을 청하는 곳

우리 집 소파는 늘 피곤해

무신경한 우리들

바늘에 찔리면 아프다.
찌른 자는 안다.

말에 찔려도 아프다.
찌른 자는 모른다.

말에 찔려본 자는 안다.
그래도 찌른다.

사랑하는 사람이든
가깝게 지내는 사람이든

알고도 찌르고
모르고 찌른다.

무심결에 찌르고
무심결에 찔린다.

낯선 모임의 사람들

그들은 평온한 모습으로 있었다.
주변 분위기에 적응하고 있었다.

편안한 동작을 하면서도
분주하게 생각하고 있었다.

자신의 약한 면이 보이지 않도록
다른 사람들도 비슷한 약점이 있는지

그래야 안심이 될 것 같은
불안한 눈빛이 미세하게 새어 나왔다.

잘 살아왔다는 것을 보여주기 위해
가끔 헛웃음을 웃었다.

서로 다른 사람들

한가로운 농촌 풍경을 보면서
외로움을 떠올리는 사람이 있고

깊고 맑은 시원한 계곡물을 보면서
무섭다고 말하는 사람이 있고

은은하고 차분한 것보다는
번쩍이며 화려한 것이 좋다는 사람이 있고

같은 하늘 아래 같은 산에 사는 나무들은
서로 다름을 인정하고
조화롭게 군락을 이루며 사는데

같은 하늘 아래 같은 땅에 사는 사람들은
서로 다름을 인정하지 않고
남 탓을 하면서 산다.

너무 알아서 탈

젊었을 때는
아무 생각 없이 먹고 마셨고
아무 곳에서 아무렇게나 잤다.

옆에서 누군가가
손으로 오징어를 쭉 째면
암, 손맛이 들어가야지 하면서
술을 마셨고

놀러 간 곳에서는
이불이라고 하면 덮고 잤다.

지금은
아내가 오징어 안주를 준비하면
손 씻었나 먼저 물어보고

놀러 가서 잘 때에는
침구류 관리를 잘하는 곳에서
자려고 한다.

나이가 드니,
작은 것을 보면
전체가 어렴풋이 떠오른다.

나이가 드니,
참 피곤하게 산다.

속을까 말까

아파트 뒷산에서 뻐꾸기가 운다.
고향 마을 뒷산에 살던 뻐꾸기인 척
청아한 목소리로 운다.

화분이 가득한 베란다에서 물 흐르는 소리가 난다.
어릴 때 피라미 잡던 개울가인 척
졸졸졸 소리를 낸다.

입구에서
친하지 않은 사람이 함박웃음을 지으며 다가온다.
반가운 척 다가온다.

슬픈 현실

어린이집을 다니던 아이가 식탁에서 울었다.
하얀 접시 위에 놓인 노릇노릇 잘 구운 조기를 보고 울었다.

연못에서 잘 놀고 있는 물고기를 왜 잡아 왔어.
그냥 놀게 해주지.

중학생이 된 아이가 식탁에서 짜증을 냈다.
하얀 접시 위에 놓인
엄마가 정성껏 구운 조기를 보고 짜증을 냈다.

조기를 너무 태웠잖아.
나 안 먹어.

대학을 졸업하고 직장을 다니기 시작한 아이가 식탁에서 말했다.
엄마에게 통보하듯 말했다.

이번 여름휴가 때 친구들과 섬으로 놀러 가서 수영도 하고
배를 타고 물고기도 잡기로 했어.

숫자

숫자의 세계에 갇혀 산다.

이것은 얼마
저것은 얼마

이 아파트는 얼마
저 빌라는 얼마

얼마를 먹고
얼마를 잃고

저 사람 재산은 얼마
내 재산은 얼마

맨날
숫자를 보고
숫자를 계산하니

누군가 죽었다 하면
그 사람의 슬픈 사연보다는
그 사람의 나이가
더 궁금하다.

사과

사과 상자 속에 썩은 사과 한 개

애초에 썩은 사과를 사과 상자에 넣었을까.
싱싱한 사과가 사과 상자 안에서 썩었을까.

중국 할아버지들에게 답을 청하면,

그건 처음부터 썩은 사과를 넣은 거야.
무슨 소리, 멀쩡한 사과가 사과 상자 때문에 썩은 거야.
조상님들이 쓴 책 좀 가져와봐.
먼지 잔뜩 뒤집어쓰고 있는 책 찾느라 난리가 나겠지.

나쁜 환경에서도 열심히 공부하여
좋은 대학에 진학하는 아이를 보면
사과가 문제인 것 같기도 하고,

착한 아이가 나쁜 친구들과 어울려 다니다가
나쁜 길로 빠지는 것을 보면
사과 상자가 문제인 것 같기도 하고.

의견과 트집

엉뚱한 의견을 말하는 사람과 함께 있으면 즐겁다.
언제나 새로운 이야기를 한다.

트집을 의견으로 말하는 사람과 함께 있으면 피곤하다.
언제나 뻔한 이야기를 한다.

나뭇잎

나무에 잎이 있었다.

어느 바람 부는 날
유혹을 견디지 못하고
바람 따라 시냇가로 갔다.

시냇가에는 친구들이 있었다.
그 친구들은 물을 싫어했다.

친구들과 헤어져 시냇물로 갔다.
그곳에도 친구들이 있었다.

친구들과 어울려 한참 놀다가
안녕 하며 헤어졌다.

굽이굽이마다 친구들이 있었다.
만나다 헤어지다 하면서 갔다.

이제는 더 갈 수 없다고 했다.
어쩔 수 없어서 그곳에서 살았다.

시간이 가면

봄볕이 화사한 창가에 하얀 커피잔을 앞에 두고 있다.
이대로 있으면 행복한 마음 그대로이겠지만
시간이 가면 커피가 식을 것이다.

창 너머 햇살 사이로 청춘들이 보인다.
터질 듯한 젊음을 못 참겠다는 듯이 쉼 없이 내뿜고 있지만
시간이 가면 그 사랑도 그 열정도 식을 것이다.

누구에게는 시간이 빠르게 간다고 느껴지고
누구에게는 시간이 느리게 간다고 느껴지겠지만

지나고 보면
시간은 훌쩍 뒤에 가 있다.

기쁨도 슬픔도 괴로움도 훌쩍 뒤에 가 있다.
언제나 아쉬움만 함께 간다.

안개

한 무리의 여인들이 춤추듯
산허리를 휘감아 오더니

내 몸을 감싸고
내 얼굴을 어루만지고
내 입술에 흔적을 남기고 간다.

숲은 부끄러운 듯 희미하게 서 있다.
나뭇가지 끝에 흔적이 남아 있다.

해가 떠오르자
춤판은 끝난다.

그래도
뻔뻔해진 강은 여전히 보이지 않는다.

잠

잠은 괴로운 내 친구

쓸데없이 오다가
와야 할 때 안 와서

순한 양들만
밤새 괴롭힌다.

양 한 마리, 양 두 마리, 양 세 마리
지금 몇 마리째야.

정승과 개

번잡한 도시가 싫어서
한적한 시골로 갔다.

적막한 집에는
무심한 벌레들만 오고 갔다.

뒤뜰 텃밭에서 금덩어리가 나오자
사람들이 붐비기 시작했다.

무심하게 오고 가던
벌레들이 소곤거린다.

이 집 주인, 사고 친 겨.
아냐, 정승 집에서 기르던 개가 죽었대.

신(神)

기적이 일어나는 것으로 보아 神은 존재한다.

히틀러가 한 짓을 보면 神은 없다.

신과 인간

조물주는

새해가 되면
빳빳한 신권을 주신다.

매일매일
깨끗하게 쓸 수 있는
24시간을 주신다.

말 안 듣는 인간들은

매일매일
빳빳한 신권을
헌 돈처럼 쓴다.

팔공산 석불님

팔공산 석불님은 한결같으시다.

방석을 부산하게 옮기고
칙칙 촛불을 켜고
흔들고 후 불면서 향을 꽂고
중얼중얼 소원을 빌고
야단법석을 떨어도
언제나 인자한 표정으로 계신다.

그래도 속마음은
혹시
로댕의 생각하는 사람으로 계시는 건 아닐까.

저마다 합격을 비는데
정원이 있는 걸 어떡해

절

스님은 왜 높다란 곳에 절을 지었을까.

부처님이
어디로 오셨다가
어디로 가셨는지
보려고 지었을까.

스님은 왜 깊은 산속에 절을 지었을까.

부처님이 오셨을 때
졸고 있는 모습
안 들키려고 지었을까.

생각 많으신 스님이
우리 할머니 고생시킨다.

수행

개울 건너 저 절에는 무엇이 있길래
저토록 떠나지 못하는 걸까.

봄 아지랑이 피어오르고
노란 개나리 흐드러지게 피어도
그래도 떠나지 못하는 걸까.

여름 해 불같이 화를 내어
차가운 등목 물을 부어주던 어머니 생각나도
그래도 떠나지 못하는 걸까.

가을 단풍 온 산을 붉게 물들여
농염한 여인 치마폭처럼 보여도
그래도 떠나지 못하는 걸까.

정녕,
한겨울 하얀 눈 세상을 기다리는 것일까.

만등(晚灯)

저마다
불을 켠다.

하얀색으로
노란색으로
파란색으로

기찻길 옆에서
깊은 산속에서
어촌 마을에서
아파트에서

오늘도 하루 일을
무사히 마쳤다고

저마다
조용히 불을 켠다.

고백

어릴 적에는
작은 움직임에도 까르르 웃더니
점차 반응에 시들해지다가
조그만 소음에도 참지 못하고 짜증을 내며
꽃대처럼 여린 마음이 우산 살대가 되어간다.

젊었을 적에는
작은 권세에도 여지없이 저항하더니
점차 돈의 위력과 권력의 편리함을 알면서
정의와 불의를 위태롭게 오고 가는
얄팍한 속물이 되어간다.

늙어서는
손등에 힘줄이 나오고 피부가 거칠어지더니
이득인지 손해인지를 먼저 살피는 차가운 눈빛으로 변한
속을 알 수 없는 회색 인간이 되어간다.

이것이 내 본성인지 세상 때문인지 알 수 없는 존재가 되어
혼탁한 공기를 아무런 불편 없이 들이마신다.

어릴 적 엄마와 함께 쳐다보던 둥근 달을 바라보면서
잠시 마음의 먼지를 털어보지만
이미 주인처럼 자리 잡은 새까만 숙폐는
꿈쩍도 하지 않는다.

가지 않은 길

중학교인가 고등학교이던가
국어책에 「가지 않은 길」이라는 멋진 시가 있었습니다.
그 시를 끝까지 읽지 않아도
그 시에 대한 설명을 듣지 않아도
그 제목만으로 운명을 느끼게 하는 멋진 시였습니다.

내게도 그 멋진 시의 가지 않은 길이 있었습니다.
내게는 세 갈래 길이었습니다.
첫 번째 갈래 길은 가던 길을 따라서 가면 되는 길이었고
나머지 두 갈래 길은 새로운 길이었습니다.

젊은 나는 새로운 길로 가고 싶었습니다.
오랜 시간을 고민했지만
어느 길로 갈 것인지를 정하지 못하고 있었습니다.
하지만 운명은 이미 정해져 있었습니다.
나는 그 길로 갔습니다.

그 길을 가면서도 마음 한구석에는 가지 않은 길의 미련이 있었습니

다. 가고 있던 길이 꾸불꾸불하며 마음에 들지 않거나 오르막 내리막으로 힘들 때는 가지 않은 길을 생각하며 후회하기도 했습니다.

세월이 한참 흘러서 돌아가기에는 너무 멀리 왔을 때도 마찬가지였습니다.

끝없이 가던 길에 지쳐서 한동안 쉬고 있을 때였습니다.
주위의 사람들이 의아하게 생각하고 있다는 것을 알았습니다.
그 사람들에게는 내가 가고 있던 길이 가지 않은 길이었습니다.
그때 어렴풋이 느꼈습니다.
어쩌면 내가 가고 있는 이 길은 가지 않은 길과 비슷하지 않을까,
그렇게 생각했습니다.

아마 세상의 모든 길은 비슷할 것입니다.
가다 보면 평평한 길도 나올 것이고 울퉁불퉁한 길도 나올 것입니다.
꽃길도 나올 것이고 흙길도 자갈길도 나올 것입니다.
언제나 자기 마음에 쏙 드는 그런 길은 없을 것입니다.

그럴지라도
언제나 자기 마음 한구석에는
가지 않은 길에 대한 미련이 조금은 남아 있을 것입니다.

감사의 기도

파란만장한 삶이 될 수 있었으나
순탄한 삶이 되도록 해주시어
감사합니다.

화려한 생활을 원했으나
무난한 생활을 하게 해주시어
감사합니다.

세련된 아내를 바랐으나
소박한 아내를 만나게 해주시어
감사합니다.

큰 꿈이 있었으나
작은 꿈을 이루게 해주시어
감사합니다.

끝없는 욕망을 가졌으나
만족을 알게 해주시어
더욱 감사합니다.

44가지
이상한 이야기

[서문]

인생은 경험을 쌓아가는 과정이다.

어릴 적에는 배움을 통해서 경험을 쌓아가고
커서는 사회생활을 통해서 경험을 쌓아간다.

세월이 흘러서 잠깐 뒤돌아보면,
자신의 인생에서 무척 중요한 순간들이
경험 부족으로 인하여 아쉬운 방향으로 흘러갔음을 알게 된다.

울퉁불퉁 지그재그로 살아온 내 인생도
경험이 있었더라면 지금보다 더 멋진 길로 갔을 텐데,
가끔 지난 세월을 안타까워한다.

안개 속 인생길을 버벅거리며 걸어갈지 모르는 누군가에게
작은 도움이 될 수 있는 이상한 이야기를 썼다.

동물과 사람

아프리카 초원에 사는 사자나, 사하라 사막에 사는 여우나 모두 배가 고파져야 슬슬 움직이기 시작한다.

얼룩말 떼를 발견한 사자는 전력으로 질주하여 얼룩말 한 마리를 쓰러뜨린다. 그런 후, 맛있게 뜯어 먹는다. 배를 가득 채운 사자는 유유히 그곳을 떠나고, 주변에서 지켜보고 있던 하이에나가 슬슬 다가와서 역시 맛있게 뜯어 먹는다. 그리고 나면, 몰래 숨어서 지켜보고 있던 여우도 가까이 와서 배를 채운다. 나중에는 개미 떼가 나타나서 먹고, 나르고, 숨기고 하면서 잔치를 벌인다.

사람들은 음식이 남으면 냉장고에 넣는다.

그리고 열심히 일한다. 열심히 일해서 번 돈으로 비어 있는 냉장고를 가득 채운다.

그리고 또 열심히 일해서 또 번 돈으로 냉장고를 채우고, 남는 돈이 있으면 예금을 한다.

또 열심히 일해서 냉장고를 채우고 예금을 하고, 남는 돈이 있으면 부동산을 산다.

냉장고를 비우는 속도보다 돈을 버는 속도가 빠른 사람들은 바로 예금을 하고, 그보다 속도가 더 빠른 사람들은 바로 부동산을 산다.

회계사로 근무하다 보면, 부동산 양도소득세 계산을 가끔 하게 된다.

양도소득세를 계산하기 위해서는 부동산 등기부를 보아야 한다. 양도자가 누구인지를 알기 위해서이다. 부동산 등기부의 소유자란 에는 그 소유자의 변동 내역들이 기록되어 있다. 거의 비슷한 모습을 띤다. 오래된 부동산일수록 그 형태는 뚜렷하다.

이모 씨에서 김모 씨에게로, 김모 씨에서 박모 씨에게로, 박모 씨에서 박모 씨에게로, 박모 씨에서 최모 씨에게로, 세월 따라 끊임없이 옮겨간다.

부동산 등기부나 예금증서에 자신의 이름을 황금 실로 또박또박 새기고, 그 부동산 등기부나 예금증서를 강철 금고에 넣은 다음, 그 강철 금고를 철벽 속에 깊숙이 숨겨서 세상으로부터 완벽하게 차단해도, 세월이 흘러서 자신의 생명이 끝나는 순간 자신의 이름을 곱게 새겼던 그 황금 실은 낡은 거미줄처럼 힘없이 끊어지고 만다.

사람들은 마지막 순간에 가까이 와서야, 무언가가 잘못되어 있다는 것을 느낀다.

자신이 너무나 바쁘게 살아왔음을 후회한다. 하고 싶었지만 하지 못했던 일들이 생각나고, 가고 싶었지만 가지 못했던 곳이 생각나면서 지난 세월을 안타까워한다.

황금 실을 새긴 곳이 너무 많아서 자식들 간에 분쟁이라도 생긴 경우에는, 자신의 어리석음에 절망감을 느끼며 눈을 제대로 감을 수가 없다.

오늘도 사람들은 어디엔가 자신의 이름을 황금 실로 새기느라 여전히 바쁘다.

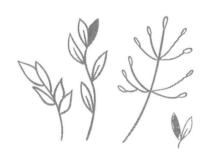

부자와 가난한 자

부자와 가난한 자를 구분하는 금액은 얼마일까?

'물 끓는 온도는 100도다.'처럼 그 구분하는 금액을 명확하게 정한 사람은 아직 없다.

만약 누군가가 그 금액을 명확하게 정한다면, 노벨 경제학상은 확실하게 보장될 것이다.

야구선수로 성공해서 엄청 돈을 벌고, 그 돈으로 큰 건물을 가지게 된 스포츠 스타가 있었다.

많은 사람이 그 사람의 성공과 그 사람이 가진 재산을 부러워했다.

그렇지만 대단한 재력가인 그 사람의 장인은 어느 인터뷰에서 이렇게 말했다.

"내 사위는 참 착한데, 야구만 해서 돈을 많이 못 벌었다."

센 부자 앞에서는, 약한 부자는 가난한 사람으로 분류될지 모른다.

이렇듯 부자와 가난한 자의 구분은 여전히 숫자로 딱 결정지을 수 없다.

사람들은 누구나 부자가 되기를 희망한다.

그 선망의 대상인 부자들은 실제로 어떤 생활을 하고 있을까?

실제 생활의 기본인 의식주를 차례로 살펴보자.

부자는 황금 옷을 입고 다닐까?

구매할 능력은 충분하겠지만, 그렇게 입지 않는다.

가난한 사람처럼 천으로 된 옷을 입는다. 다만 좋은 천으로 멋있게 입을 수는 있을 것이다.

부자는 하루에 100끼 먹을까?

그렇게 주문할 능력은 되지만, 그렇게 먹을 수는 없다.

가난한 사람처럼 3끼 정도 먹는다. 다만 질 좋은 음식을 먹을 수는 있을 것이다.

부자는 밤에 잘 때 100m 침대에서 잘까?

가난한 사람과 비슷한 크기의 침대에서 잔다. 다만 좋은 침대에서 잘 수는 있을 것이다.

이렇게 보면, 부자도 가난한 사람과 물질적으로는 크게 다르지 않은 생활을 하는 것 같다.

그렇다면, 부자가 되면 행복하다고 느낄까?

재벌 기업 소유주와 그 가족들의 불행한 소식들이 신문이나 방송에서 가끔 보도되는 것을 보면, 돈과 행복은 반드시 비례하지 않는다는 것을 알 수 있다.

이것도 비슷하고 저것도 비슷하다면, 부자와 가난한 사람의 차이가 도대체 뭐야?

부자는 산과 들, 집과 건물에 돈을 엄청나게 묻어둔 사람들이고, 가난한 사람은 쓰지 못하는 그 돈을 엄청나게 부러워하는 사람들이 아닐까?

천국과 지옥

천국과 지옥은 한집에 산다.

마음을 닫고 방으로 들어가버리면 그 방문은 지옥문이 되고,
마음을 열고 방에서 나오면 그 방문은 극락문이 된다.

로또를 사면서 당첨 조작하는 것 아닐까 의심과 불안한 마음을
가지고 있으면 한 주는 지옥이 될지 모르고, 희망과 넉넉한 마음을
가지고 있으면 한 주를 천국에서 산다.

부정적이고 비관적인 사람은 언제나 지옥에 사는 것처럼 느끼고,
긍정적이고 낙천적인 사람은 언제나 천국에 사는 것처럼 즐겁다.

자기보다 잘난 사람들과 비교하기 시작하면 지옥에 사는 것처럼
느끼고, 자기보다 못난 사람들과 비교하기 시작하면 천국에 사는 것
처럼 느낀다.

천국에 사는 것처럼 보이는 사람도 실제로는 지옥에 살고 있을지

모르고, 지옥에 사는 것처럼 보이는 사람도 실제로는 천국에 살고
있을지 모른다.

천국과 지옥은 베니어판 한 쪽을 사이에 두고 있다.

마음 따라 천국으로 갔다가
마음 따라 지옥으로 넘어온다.

행복

우리는 가끔 하늘을 날아다니는 새들을 바라보며 이렇게 말한다.

"푸른 하늘을 아무런 걱정 없이 훨훨 날아다니는 저 새들은 얼마나 좋을까."

만약 새들이 이 말을 들었다면, 떼로 몰려와서 짹짹거릴 것이다.

"저런, 정신 나간 인간들."

암컷 새는 사람과 마찬가지로 수컷 새를 잘 만나야 한다.

수컷 새가 짝짓기만 하고 다른 곳으로 날아가버리면, 암컷 새는 고생문이 훤히 열렸다고 봐야 한다. 새끼를 기를 둥지도 혼자서 지어야 하고, 새끼 알을 낳아 품으면서 수시로 모이를 찾으러 가야 하고, 새끼들이 알에서 깨어나 짹짹거리면 벌레를 부지런히 물어다 새끼들에게 주어야 한다. 아마 새끼 새들이 스스로 날 수 있을 때쯤이면, 어미 새는 거의 쓰러질 지경이 되어 있을 것이다.

이외에도, 새들도 사람들처럼 세상살이가 힘들다.

배고플 때마다 모이를 찾아야 하고, 다른 새와의 생존경쟁에서도 이겨야 하고, 큰 새나 무서운 동물도 피해야 한다. 비가 오고 천둥 번개가 치는 날은 안전한 곳을 찾아야 한다.

그렇지만, 새들에게도 행복한 순간은 있다.
자기가 좋아하는 새와 함께 있을 때, 짝짓기할 때, 맛있는 모이를 먹을 때, 높다란 곳에 앉아서 편안하게 아래를 내려다볼 때는 행복하다고 느낄 것이다.

모든 것을 자기 마음대로 할 수 있었던 옛날의 왕이나 황제들은 매일매일 행복했을까?
꼭 그렇지는 않았을 것이다. 그 자리에 오르기까지 수많은 생과 사의 고비를 넘겼을 것이고, 그 자리에 오른 후에도 그 자리를 지키기 위해서 언제나 노심초사했을 것이다.

옛날의 왕이나 황제라고 할 수 있는 지금의 대통령이나 재벌 회장들은 매일매일 행복할까?
그렇지 않다는 것을 우리는 잘 안다.

그러나 왕이나 황제, 대통령이나 재벌 회장도 행복한 순간은 있었을 것이다.
그 지존의 자리에 올랐을 때, 자신이 계획했던 사업이 제대로 성공했을 때, 많은 사람에게 둘러싸여 박수갈채를 받을 때, 멋진 사람들과 즐겁게 파티할 때는 행복하다고 느꼈을 것이다.

평범한 우리는 어떨까?

당연히 24시간, 365일 행복하지 않다.

그렇지만, 우리도 왕이나 황제들처럼 행복한 순간들은 있다.

당연히 그들처럼 그 행복한 순간들만이라도 즐기면 된다.

우리가 언제 행복했던가?

친구들과 술 마시면서 웃고 떠들던 때가 행복했던가, 아니면 낚시터에 홀로 앉아 푸른 바다를 무심하게 볼 때가 행복했던가, 아니면 멋진 곳에서 좋아하는 사람과 맛있는 음식을 먹고 있을 때가 행복했던가?

세상 어디에도 영원히 지속되는 행복은 없다.

행복한 그 순간이 오면, 머뭇거리지 말고 그 순간을 즐겨라.

조금 있으면 또 피곤한 일들이 시작될 터이니.

이상한 전문가 1

다음은 어느 우스개 이야기이다.

어느 빌딩에 작은 소란이 일어났다. 엘리베이터의 속도가 갑자기 느려졌다는 것이었다. 입주자들의 항의를 받은 건물 관리 책임자는 엘리베이터의 관리를 담당하는 회사에 연락했다. 담당자가 와서 스톱워치를 들고 몇 번인가 탔다 내렸다 하더니, 간단한 대책을 내놓았다. '엘리베이터 한 대를 더 설치하든지 아니면 성능이 좋은 것으로 교체하시오.' 비용 부담이 만만치 않을 거라 생각한 그 책임자는 컨설턴트를 불렀다. 그 사람도 탔다 내렸다 하더니, 더 간단한 대책을 내놓았다. '대형 거울을 설치하시오.' 간단한 일이었으므로 엘리베이터 옆에 대형 거울을 설치했다. 그러자 입주자들의 불만이 사라졌다. 뭔 일인가 살펴보았더니, 사람들은 거울을 보면서 옷매무새를 고치고 머리도 손질하면서 이렇게 말하고 있었다. "어, 엘리베이터가 벌써 왔네." "어머, 그러네요."

맞다. 무슨 일이 생기면, 그 상황에 맞는 적절한 전문가를 찾아야 한다.

만약 어느 날 갑자기 몸이 아프면, 어떤 전문가를 찾아야 할까?

우리의 몸은 경고와 방어, 그리고 회복의 멋진 시스템을 갖추고 있다.

맵거나 짜거나 강한 맛을 가진 음식을 많이 먹으면, 우리의 몸은 즉시 경고와 방어 기능을 작동시켜 그 사람을 화장실로 뛰어가게 만든다. 하지만 지나치게 많이 먹거나 오랫동안 먹는 경우는, 그 독소가 몸 안에 쌓여서 우리 몸의 약한 곳을 공격한다. 그로 인해 갑자기 멀쩡한 곳이 아프거나 피부 발진이 생길 수도 있다. 원인 모를 병이 발생했다고 생각하겠지만, 그 원인은 분명히 있다. 곰곰이 생각해보면 그 원인을 알 수 있다. 자기 몸에 대한 1차 전문가는 바로 자기 자신이다. 그 원인 되는 음식을 끊으면 우리 몸은 천천히 회복 기능을 작동시켜 서서히 낫는다.

재미있는 운동을 오래 하거나, 처음 해보는 운동을 하면 손가락, 무릎, 손목 관절, 어깨 등이 아플 수가 있다. 우리 몸이 운동을 멈추라는 경고를 하는 셈이다. 하지만 재미있는 운동을 멈추기가 쉽지 않다. 아픈데도 계속 운동하면 우리 몸에 더욱 이상을 일으켜서 팔, 어깨, 목 등이 부어오르거나 몸 안의 혹을 느낄 수도 있다. 자신이 1차 전문가임을 명심해야 한다. 곰곰이 생각해보면 그 원인을 알 수 있다. 운동을 멈추면 우리 몸은 천천히 회복 기능을 작동시켜 서서히 낫는다.

나이가 많은 사람 중에는 눈썹이 눈을 찌른다고 하는 사람이 많다. 정상적으로 자란 눈썹은 눈을 찌르지 않는다. 비정상적으로 자리 잡은 눈썹을 찾아서 뽑으면 된다. 간혹 눈썹 부스러기, 눈에 잘 보이지 않는 얇은 섬유가 눈에 붙어 있을 수 있다. 나이가 많은 사람은 작거나 가까운 것을 잘 볼 수가 없다. 젊은 사람에게 눈 구석구석을 자세히 살펴봐달라고 부탁해야 할 것이다.

따라서 어느 날 갑자기 몸이 아프다면, 자신이 1차 전문가가 되어서 먼저 그 원인을 곰곰이 생각하는 것이 바람직할 것이다. 정말 그 원인을 알 수 없거나 자기 능력으로 해결할 문제가 아니라고 생각된다면, 그때 외부 전문가인 의사 선생님의 도움을 받으면 될 것이다.

이상한 전문가 2

루 게릭이라는 전설적인 야구선수가 있었다.

그는 뉴욕 양키스 팀의 4번 타자로 활약했으며, 베이브 루스와 함께 양키스 팀의 전성기를 이끈 강타자였다. 특히 그는 데뷔 이래 한 경기도 빠지지 않고 2,130게임을 연속 출전하여 '철인'으로 불렸다. 하지만 실제로는 철인이 아니었다. 어느 날 그는 자기 몸에 심각한 이상이 있음을 느꼈고, 경기장에 모인 야구팬들에게 더 이상 야구를 할 수 없음을 알리고 병원으로 갔다. 그를 정밀 진단한 의사들은 깜짝 놀랐다. 엑스레이에 찍힌 그의 열 손가락뼈에는 여러 곳에 금이 있었으며, 어떤 곳은 금이 갔다가 저절로 붙은 흔적도 있었다. 그는 몸 여기저기에 심각한 부상이 있는 상태에서 계속 출전을 강행하고 있었던 것이다. 그의 몸 구석구석에서 쉬어야 한다는 신호를 끊임없이 보냈지만, 그는 계속 무시하고 뛰었던 것이다.

의사들은 그의 병명을 '근위축성 측삭경화증'이라고 다소 어렵게 말했지만, 사람들은 간단하게 '루 게릭 병'이라고 했다.

'샤인'이라는 제목의 멋진 음악영화가 있다.

데이비드 헬프갓이라는 천재 피아니스트의 실제 이야기를 영화화

한 것이다. 그는 영국 왕립음악학교에 다니고 있던 어느 날, 어떤 피아노 연주대회에 나가기로 결심하고 라흐마니노프 피아노협주곡 3번을 연주하기로 정했다. 하지만 그 곡은 연주하기가 매우 어렵고 엄청난 에너지가 소요되는, 힘든 곡이었다. 어려운 환경 속에서 열심히 연습하여 그 대회에서 멋지게 연주하였지만, 연주 후 바로 쓰러지고 말았다. 그 여파로 오랜 세월을 거의 정신병자로 살았지만, 그 후 기적적으로 회복하여 다시 천재 피아니스트로 활동했다.

어쩌면 그도, 그의 뇌가 힘들다는 신호를 여러 번 보냈지만 계속 무시했는지도 모른다. 그러다가, 쓰러진 후 오랜 세월 동안 뇌가 완전히 푹 쉬면서 저절로 회복했을지 모를 일이다.

스티븐 호킹이라는 천재 물리학자가 있었다.

그는 많은 사람으로부터 갈릴레오와 뉴턴, 아인슈타인의 계보를 이을 수 있는 인물로 평가받고 있는 천재 과학자였다. 그는 17세에 옥스퍼드 대학에 입학하였고, 졸업 후 케임브리지 대학원에 진학하였다. 하지만 케임브리지 대학원에 진학한 후 어느 날 쓰러졌으며 '루 게릭 병'으로 진단받았다. 천재들이 무언가를 집중적으로 연구하고 있을 때는, 그들의 두뇌 속에서는 대형 컴퓨터 몇 대 분의 용량이 가동되고 있을지 모른다. 엄청난 에너지가 작은 두뇌 속에서 쉬지 않고 끊임없이 활동하면서 그의 몸이 견딜 수 있는 한계를 넘었을지 모른다. 그 영향으로 그의 두뇌는 괜찮았지만 약한 그의 몸이 망가

졌을지 모를 일이다.

명문 사립대학의 어떤 축구선수가 있었다.

우연히 그의 오른쪽 맨발을 보게 되었는데, 그의 발은 우리가 동네 목욕탕에서 흔히 보는 일반 젊은이들의 발과는 완전히 달랐다. 그것은 마치 대장장이가 쇳덩어리를 대충 발 모양으로 두들겨서 만든 것 같은, 약간 보랏빛 색깔을 띠고 있는 이상한 물체처럼 보였다. 그는 발을 다쳐서 더 이상 축구를 할 수 없다고 했다. 그도, 그의 발이 쉬어야 한다고 무수한 신호를 보냈지만 무시하고 계속 뛰었기 때문일지 모를 일이다.

우리의 몸은 어떤 충격에 대한 경고와 방어, 그리고 회복의 정교한 시스템을 갖추고 있다. 빨강, 황색, 초록 신호등을 지키면서 안전운전을 해야만 교통사고를 예방할 수 있듯이, 우리 몸이 보내는 갖가지 경고 신호를 잘 살펴야 우리 몸을 건강하게 지킬 수 있다.

우리의 몸이 얼마나 정교하게 잘 만들어져 있는지는, 우리 몸에서 가장 낮은 수준의 기능이라고 할 수 있는 '배출 작업'에서도 잘 알 수가 있다. 여러분은 배가 아파서 화장실로 뛰어갔을 때, 언제 그 작업을 마치는가? 급한 것을 처리하고 조금 기다렸다가 더 이상의 조짐이 없으면 작업을 마치는가, 아니면 편안하게 앉아서 휴대폰으로 인터넷 검색하다가 대충 적당한 시점에 작업을 마치는가?

정교하게 만들어져 있는 우리의 몸은 그 작업을 끝낼 시점을 정확하게 알려준다. 그날의 작업량이 완전히 끝나면 오줌을 누게 한다.

따라서 화장실에 앉아있을 때는 한 가지만 생각하고 있으면 된다. '큰 것이 끝나면, 작은 것이 시작된다.'

이상한 전문가 3

고3이 된 지 며칠 안 된 딸아이가 고열과 함께 감기와 몸살 증상을 보이면서 학교에서 돌아왔다. 설상가상으로 배탈까지 겹쳐서 병원에 며칠 입원을 하게 되었다. 그런데, 병원에서 퇴원할 무렵 아이가 눈앞에 하얀 것들이 날아다닌다고 하면서 눈을 계속 문지르는 것이 아닌가.

초조해진 아내는 아이를 데리고 병원에서 병원으로, 부산에서 서울로, 대학병원에서 대학병원으로 종횡무진 다니기 시작했다. 그러던 어느 날 저녁 집으로 돌아와 보니 환자와 보호자가 완전히 뒤바뀌어 있었다. 아이는 쌩쌩한 모습인데, 아내는 회복 불능 환자가 되어 있었다. 봄이 거의 끝나갈 무렵 아이의 눈은 정상으로 돌아왔다.

어느 날, 아내는 그때를 생각하면서 푸념 섞인 목소리로 말했다.
"대학병원 안과 병동 진찰대기실에서 하염없이 기다리는데, 간간이 진료실에서 들려오는 의사 선생님 말씀은 '원인이 명확하지 않고…, 원인이 불분명하고…' 환자들마다 온갖 검사는 다 하는 것 같은데, 환자에게 원인이 명확하지 않다고 말씀하시니…"

그러자, 아이는 그때를 생각하면서 이렇게 말했다.

"그때, 며칠간 아침에 밥맛이 별로 없어서 조금만 먹고 가서 점심 때가 되면 배가 몹시 고팠어. 그래서 받은 급식을 먹고도 양이 안 차서, 식판에 남아 있는 급식을 긁어먹은 적이 몇 번 있었거든. 그리고 나서 식곤증이 와서 엎드려서 이삼십 분 잤거든. 그러면 가끔 콘택트렌즈를 낀 눈이 아팠어."

아이의 말을 다 듣고 났을 때, 여러 가지 생각들이 났다.

'과연 싱싱한 재료를 가지고 아이들 급식을 만들었을까? 가격이 싼 재료만을 찾아서 만든 것은 아닐까? 급식 위생관리는 제대로 하고 있었을까? 아이가 콘택트렌즈를 뺄 때 손은 깨끗했을까? 책이나 책상, 휴대폰 등을 만진 손에 얼마나 많은 세균이 묻어 있었을까? 그 세균들이 눈 안에서 여기저기 쑤시고 다니지 않았을까? 의사 선생님들은 아이에게 이것저것, 시시콜콜 물어볼 시간적 여유나 마음의 여유가 있었을까?'

그리고 이런 생각도 들었다.

우리 몸은 우리가 하는 행동에 따라 그 결과를 우리 몸에 그대로 나타낼 것이다.

술을 많이 마시면 간이 나빠질 것이고,

담배를 많이 피우면 폐가 나빠질 것이고,
불결한 손으로 눈을 만지면 눈병이 날 것이다.

결국에는 우리의 행동과 생활 습관이 우리 몸을 죽이기도 하고
살리기도 할 것이다.

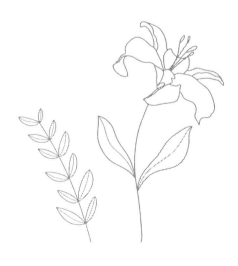

교육

미국 Iowa, Riceville에 있는 초등학교에서 3학년 담임 여교사 Jane Elliott가 자기 반 아이들을 대상으로 실험했다.

첫째 날에, 그 선생님은 웃고 떠들고 까불고 있는 아이들에게 이렇게 말했다.

"여러분들 중에서 파란 눈을 가진 아이는 특별한 재능을 가진 우수한 아이예요. 갈색 눈을 가진 아이는 그렇지 않고요."

그런 후, 파란 눈을 가진 아이들을 우대하는 몇 가지 사항들을 지시했다.

잠시 아이들의 반발은 있었지만, 그 효과는 곧 나타났다. 파란 눈을 가진 아이들은 활기찬 아이들로 변했고, 갈색 눈을 가진 아이들은 우울한 모습으로 자기 자리에 얌전히 앉았다. 어떤 파란 눈을 가진 아이는 활기차게 행동하다가, 갈색 눈을 가진 아이에게 소리 지르며 한 대 툭 치고 지나갔다. 그 갈색 눈을 가진 아이는 못 들은 척, 안 맞은 척하고 있었다. 파란 눈을 가진 두 아이가 싸웠다. 한 아이가 다른 아이를 '갈색 눈을 가진 아이'라고 불렀기 때문이었다. 산수와 영어 시험을 쳤다. 채점한 결과, 파란 눈을 가진 아이들은 평소보다 높은 점수가 나왔으며, 갈색 눈을 가진 아이들은 평소보다 낮은 점수가 나왔다.

둘째 날에, 그 선생님은 이렇게 말했다.

"어제 선생님이 틀리게 말했어요. 갈색 눈을 가진 아이가 특별한 재능을 가진 우수한 아이이고, 파란 눈을 가진 아이는 그렇지 않아요."

이번에도 곧 효과가 나타났다. 이번에는 어제와 정반대의 현상이 나타났다. 갈색 눈을 가진 아이들이 활기차게 행동하기 시작했고, 파란 눈을 가진 아이들은 아픈 아이로 바뀌어 자기 자리에 얌전히 앉았다. 이번에는 갈색 눈을 가진 아이가 파란 눈을 가진 아이에게 소리 지르며 한 대 툭 치고 지나갔다. 파란 눈을 가진 아이의 반응은 어제의 갈색 눈을 가진 아이의 반응과 같았다.

마지막 날에, 그 선생님은 이렇게 말했다.

"선생님이 여러분 모두를 대상으로 실험했어요. 특별한 재능이 있다고 했을 때 다른 친구들을 어떻게 대하는지 알아보려고 실험해본 거예요. 여러분 모두는 똑같아요."

이번에도 효과는 곧 나타났다. 아이들은 실험하기 전의 교실 모습으로 되돌아가서, 다시 웃고 떠들고 까불기 시작했다.

아이들은 흡수가 너무나 잘되는 하얀 백지와 같다.

누군가가 빨간색을 조금 묻히면 전체가 빨간색으로 물들어가고, 누군가가 파란색을 조금 묻히면 전체가 파란색으로 물들어가는 얇은 백지와 같다.

아이들은 너무나 순수하다.

아이들에게 무언가를 열정적으로 이야기하면 모두가 정열적인 아이가 되고, 무언가를 냉정하게 이야기하면 모두가 차분한 아이가 된다. 아이들에게 주사위의 1번을 이야기하면 온 세상이 1번인 것처럼 생각하고, 주사위의 2번을 이야기하면 온 세상이 2번인 것처럼 생각한다.

따라서 세상의 모든 선생님은 아이들에게 한 가지 색깔이나 한 가지 면만을 보여주고자 해서는 안 되며, 세상의 모든 색깔과 모든 면을 보여줄 수 있도록 해야 한다.

그리하여 아이들이 세상에 대한 편견을 가지지 않고, 모든 사물에 대하여 균형적인 시각을 가질 수 있도록 해야 한다.

아이들이 대한민국의 미래다.

유전적 요인

아이들이 어렸을 때, 업무와 관련된 책을 한 권 썼다. 퇴근 후 밤 늦게까지 책상에 앉아 글을 썼다. 아마 그 영향을 받았을 것이다. 가끔 아이들이 너무 조용해서 뭐 하고 있나 하고 찾아보면, 벽에 기대어 놓은 곰돌이 인형처럼 나란히 앉아서 그림책을 보고 있었다. 젊은 엄마들이 너무나 부러워하는 모습일 것이다. 하지만 이런 모습은 아이들의 독서 습관이나 차분한 성격 형성에는 도움이 될지라도, 이미 유전으로 형성된 아이들의 두뇌에는 영향을 미치지 않는다. 아이들은 학교에서 나를 닮은 아이는 나를 닮은 정도의 성적표를, 아내를 닮은 아이는 아내를 닮은 정도의 성적표를 받아왔다.

같은 아파트에 사는 5쌍의 부부와 오랫동안 운동모임을 했다. 그 아이들도 비슷한 양상을 보였다. 조금 더 똑똑한 쪽을 닮은 아이는 조금 더 똑똑한 성적표를, 조금 덜 똑똑한 쪽을 닮은 아이는 조금 덜 똑똑한 성적표를 받아왔다.

일류 대학을 나온 부부의 아이는, 그 엄마와 아빠의 공부 잘하는 유전자를 물려받아서 공부를 잘할 확률이 높다. 이런 아이들에게는 공부에 집중적으로 투자하면 될 것이다. 어쩌면 공부에 집중적으로 투자하지 않아도 이 아이들은 일류 대학에 진학할 가능성이 클 것이다.

일류 대학을 나오지 않은 부부의 아이들은 어떻게 해야 할까?

대다수의 가정이 여기에 해당한다. '선택과 집중'이 필요하다. 아이가 공부를 잘한다고 판단되면, 공부에 집중적으로 투자하면 될 것이다. 하지만 공부에 장점이 없는 아이를 공부 학원에 보내는 것은 아이를 위한 투자가 아니다. 오히려 아이의 소중한 시간을 죽이는 것이다.

거의 모든 부모가 자신의 아이들에게 일류 대학에 진학할 수 있을 정도로 충분한 과외 공부를 시키고 있지만, 대부분 실패하고 있다는 냉정한 현실을 인정해야 한다.

또한, 자기 주변의 성공한 사람 중에는 일류 대학 출신이 아닌 사람도 많이 있다는 사실도 잘 알 수 있을 것이다.

동물의 경우를 생각해본다면 더욱 분명히 알 수 있을 것이다.

새는 날고 말은 달려야 한다. 만약, 새는 달리고 말은 날도록 훈련하고자 한다면 그 결과는 뻔할 것이다.

따라서 돈 낭비, 시간 낭비하면서 공부에만 집착할 것이 아니라, 아이가 관심을 보이는 쪽 또는 아이의 장점이 보이는 쪽을 찾아서 그쪽으로 투자하는 것이 현명할 것이다.

아이들의 숨어 있는 장점은 보통 잘 알 수가 없다. 그런 경우에는 자신과 자신의 배우자를 유심히 살피면 된다. 자신과 배우자의 장점은 틀림없이 아이들에게 유전되어 있기 때문이다.

아이와 함께 놀고 있는 할아버지가 "저놈 봐라. 놀고 있는 폼이 지 애비 어릴 때와 똑같네." 이렇게 말하면, 이 아이는 아빠를 닮았다. 아빠의 장점이 유전되어 있을 것이다.

세계적으로 유명한 성악가가 친구와 저녁 식사를 하면서 이렇게 말했다고 한다.

"내 아이는 음악가의 길을 걷게 하지 않을 생각이네. 지난 몇 달 동안 아이가 잠들기 전에 누구나 다 아는 자장가를 불러주었는데, 지난밤 그 곡을 물었더니 '징글벨'이라고 말하는 거야."

이 아이는 엄마를 닮았다. 아빠가 음악가라고 해서 엄마를 닮은 아이에게 음악을 시킨다면 성공하지 못할 가능성이 클 것이다. 사업가 2세들 중에서 사업으로 성공하지 못한 사람이 많이 있다는 사실을 생각해보면 알 수 있을 것이다.

그러므로 아이의 장점을 찾아서, 그것을 발전시킬 방법을 항상 생각해야 한다.

아이가 커서 수능 성적을 받아오면, 먼저 아이의 장점이나 적성에 맞는 학과를 선택한 후 대학을 선택하는 것이 바람직할 것이다. 아이가 대학을 졸업한 후를 생각한다면 그것이 옳은 방법일 것이다.

무시무시한 정글에서는 사자처럼 강한 동물만 살아남는 것이 아니다. 약한 동물이라고 하더라도 자신의 장점을 환경에 적응시킨 동물도 살아남는다.

콘크리트 정글도 마찬가지다. 반드시 공부를 잘해야만 성공할 수 있는 것은 아니다.

못생겼지만 뛰어난 손기술 하나로 세계적인 미녀들을 고객으로 두고 있는 헤어 디자이너도 있으며, 학력은 낮지만 뛰어난 재봉틀 기술 하나가 바탕이 되어서 일류 대학 출신들을 직원으로 두고 있는 섬유회사 회장님도 있다.

그러나 세상의 모든 일은 언제나 이론대로 되지 않는다.

아이를 둔 부모라면, 가슴은 뜨겁더라도 목표는 높지 않아야 할 것이다.

그러면 언제나 가화만사성이다.

영어 조기교육

(1) 영어란 무엇인가?

한국 학생은 학교에서 국어, 영어, 수학, 과학, 역사 등등을 배운다.
한국 학생에게 영어는 중요 과목 중 하나에 해당한다.

미국 학생은 학교에서 국어, 수학, 과학, 역사 등등 모든 과목을
영어로 배운다.

대부분의 미국 학생들은 초등학교에서 대학교까지 모든 과목을
영어로 배운다.

따라서 한국 학생은 미국 학생이 배우는 양의 극히 적은 부분, 즉
빙산의 일각을 배우고 있는 셈이다. 그래서 영어는 배우면 배울수록
어렵다고 한다.

(2) 영어 단어는 외워야 하는가?

미국 학생은 영어 단어를 외우지 않는다. 매일 영어로 보고 듣고
말하고 쓰면서 영어를 몸 전체로 배우기 때문이다. 한국 학생도 똑
같은 이유로 한글 단어를 외우지 않는다.

그러나 한국 학생은 미국 학생처럼 생활하지 않기 때문에 영어 단어를 외워야 한다.

모르는 단어가 나오면 별도의 단어장을 만들어서 외우고 또 외워야 한다.

(3) 영어 문법을 공부해야 할까?

높고 험준한 산을 오를 때 그 등산로를 표시한 지도나 길 안내판이 없으면 엄청나게 고생하면서 산을 오르게 되거나, 정상 정복을 포기해야 한다.

마찬가지다. 영어라는 산을 오를 때 문법 기초가 없다면, 엄청나게 고생하게 되거나 중도에 포기할 수밖에 없을 것이다.

따라서 문법 공부는 반드시 해야 한다.

(4) 영어 공부에 지름길이 있을까?

저절로 영어 귀가 열리고 자막 없이 외국 영화를 볼 수 있는 그런 방법이 있을까?

간단한 실험으로 알 수 있을 것이다.

영어책 중간 정도를 그냥 퍼라. 그림으로 싹둑 잘린 페이지가 아닌 온전한 페이지를 선택해라. 시간을 확인한 후, 한 페이지를 읽고 내용을 거의 이해한 시간을 확인해라. 보통 10분 이상 걸릴 것이다. 미국인이 정상적인 발음으로 한 페이지를 읽으면 보통 2분 이내다.

눈으로 정확하게 읽으면서 이해하는 데 10분 이상 걸렸다면, 귀로 2분 들으면서 이해한다는 것은 현실적으로 불가능하다.

영어 공부의 지름길은 다른 공부의 경우와 같다.

'반복, 또 반복 그리고 또 반복'이다.

읽는 것도, 듣는 것도, 외우는 것도 그냥 반복이다.

누군가는 이렇게 말했다.

"지름길은 없다. 오직 연습뿐."

(5) 영어 조기교육이 필요할까?

영어는 말과 글로 되어 있는 언어라고 할 수 있으며, 우리나라의 한글과 같다.

한글을 배우는 데 예술적 재능이나 조기교육이 필요하다고 주장하는 사람은 아무도 없다.

영어도 마찬가지다. 영어를 배우는 데는 특별한 재능이 필요하지 않으며, 특히 외국 사람들이 주로 사용하는 말과 글을 우리 아이들이 어릴 때부터 일찍 배워야 할 이유도 없다.

그러면, 우리 아이들이 언제부터 영어 공부를 시작하는 것이 좋을까?

한글을 완전히 이해한 초등학교 고학년쯤이 적당할 것이다.

모든 공부가 그렇듯이, 영어 공부도 '언제 시작하느냐'가 중요한 것이 아니라, '얼마나 끈기 있게 공부하느냐'가 더 중요하다.

어린이 동화에서 처음에는 '후다닥 토끼'가 이기지만 나중에는 '또박또박 거북이'가 이긴다.

실제 생활에서도 그런 경우를 우리는 많이 본다.

붕어빵

어느 토요일이었다.

아이가 시무룩한 표정으로 학교에서 돌아왔다. 선생님으로부터 야단맞았다고 했다. 이유를 물었다. 아이는 자기 잘못을 인정하듯이, 고개를 숙이고 작은 목소리로 말했다.

"그러니까, 오늘… 수업 시간에, 선생님… '3일 뒤에 전학 가는 친구가 있으면, 여러분은 어떻겠어요?' 하고 물었거든."

"그래서?"

"다른 친구들은 '슬퍼요' 했는데, 나는 '기뻐요' 했거든."

"왜?"

"그러니까, 오늘 전학 가면 같이 못 놀잖아. 3일 뒤에 가면 오늘하고 내일하고 신나게 같이 놀 수 있잖아."

이런, 붕어빵 선생님이 내 아이가 붕어빵처럼 대답하지 않았다고 혼을 낸 것 아닌가. 아이를 감싸 안으면서, 붕어빵이나 사러 갈까 하는 생각이 잠깐 들었다.

대학교에서 붕어빵을 만든다.

오래된 시설과 낡은 실험 장비를 가지고, 언제나 변하지 않는 스타일로 교수님이 강의한다. 그 모든 것에 익숙한 학생들이 척척 뭔가를 노트에 적는다.

거대한 붕어빵틀 안에서 붕어빵들이 무럭무럭 자란다.

회계사도 붕어빵을 만든다.

작년 감사보고서에 있는 작년 숫자와 작년 관련 내용을 툴툴 털어내고, 그 자리에 올해의 숫자와 올해의 관련 내용으로 꽉꽉 채운 후, 올해의 감사보고서를 찍어낸다.

새로운 회사가 나타나면, 비슷한 회사의 감사보고서를 찾아낸 후 그 회사의 숫자와 관련 내용을 툴툴 털어내고, 그 자리에 새로운 회사의 숫자와 관련 내용으로 끼워 넣은 후, 새로운 회사의 감사보고서를 찍어낸다.

패션 산업도 붕어빵을 만든다.

외국 유명 브랜드 가방이나 국내에서 인기가 있는 가방을 가져와서 앞과 뒤, 위와 아래, 속과 겉을 샅샅이 살펴본 후, '모방 속에 창조가 싹튼다'라는 굳은 신념으로 붕어빵틀을 만들고, 붕어빵 가방을 쿵더쿵쿵더쿵 찍어낸다.

우리는 아예 붕어빵 안에 산다.

같은 아파트의 같은 라인에 사는 사람끼리 모임을 하게 되면, 엘리베이터를 타고 그 모임 사람이 사는 붕어빵 안으로 들어간다. 치장만 다를 뿐, 모양은 똑같다.

안방도 붕어빵, 부엌도 붕어빵, 거실도 붕어빵, 모조리 붕어빵.

누군가는 이렇게 외칠 수도 있겠다.

"붕어빵이라도 좋다. 팥만 제대로 넣어다오."

젊은이들의 길

다음은 태양을 빙글빙글 도는 별들을 그린 표이다.

태양 - 수성 - 금성 - 지구 - 화성 - 목성 - 토성 - 천왕성 - 해왕성 - 명왕성

태양과 가장 가까운 수성은 태양을 한 번 도는 데 대략 석 달이 걸린다고 한다. 태양으로부터 세 번째에 있는 지구는 365일 걸리며, 가장 먼 명왕성은 약 248년이 걸린다고 한다.

그러니까, 명왕성은 우리가 살아 있는 동안에 태양을 반 바퀴도 돌지 않는 셈인 것이다.

그렇다면, 우주의 크기는 도대체 얼마나 된다는 말인가?

'넓다'라는 표현을 쓰기가 민망할 정도로 너무나 광활하다. 만약 화성에서 지구를 본다면 지구의 크기는 얼마만 할까? 적당히 생각해서 탁구공 정도로 보인다고 하자. 그러면 중국은 아마 탁구공에 붙은 껌 정도로 보일 것이다. 그렇다면 서울은? 우리가 앉아 있는 이곳은?

우리의 젊은이들은 너무나 작은 공간에 앉아서 너무나 작은 문제들을 고민하는 것은 아닐까?

돈 문제, 취업 문제, 남자 친구나 여자 친구 문제, 직장 동료 문제, 가족 문제 등등.

밖으로 나가 푸른 하늘을 보면서, 우주를 보면서 자신의 미래를 생각하고 자신이 평생 가야 할 길을 찾아야 하지 않을까?

중국 알리바바 그룹의 마윈 회장은 젊었을 때는 가난했다.

취직하기 위해서 여러 회사에 원서를 넣었지만, 약간 특이하게 생긴 얼굴 때문에 번번이 떨어졌다. 어느 회사에는 24명이 지원해서 23명이 합격했다. 불합격된 1명이 자신이었다. 미국에서 친구들과 함께 있던 어느 날이었다. 어떤 친구가 그에게 인터넷으로 무언가를 찾아달라고 했다. "인터넷, 그게 뭐지?" 그 친구의 설명을 듣고, 그것을 찾아주었다. 그런 후, 자신이 가장 좋아하는 단어를 쳤다. 'beer', '펑', 신기했다. 세상의 맥주는 다 나타났다. 독일 맥주, 네덜란드 맥주, 일본 맥주 등등. 다시 글자를 쳤다. 'china', '펑', 세상에 이럴 수가! 넓은 땅을 가진 자신의 조국, 만리장성의 나라 중국이 '자료 없음'으로 나타난 것이었다. 머리가 띵했다. 그 순간 그는 깨달았다. 자신의 길을 찾은 것이었다. 빈털터리 청년이 세계 몇 위의 갑부가 되는 첫걸음을 뗀 것이었다.

멀린다 게이츠는 빌 게이츠의 아내였다.

멀린다는 빌 게이츠와 결혼하기 전에는 빌 게이츠가 운영하는 컴퓨터 회사의 직원이었다. 멀린다에게는 아침 출근에 문제가 있었다. 한국처럼 러시아워의 문제가 아니었다. 회사까지는 문제가 없는데, 사무실에 들어가는 데 가끔 문제가 발생했다. 빌 게이츠는 낮에 책상에 앉아서 연구하다가, 밤이 되어서 피곤하면 바닥에 엎드려 연구했다. 그러다가 그대로 잠들었다. 이리저리 뒹굴다가 벽 쪽으로 붙으면 문제가 없는데, 가끔 출입문 쪽으로 붙는 것이었다.

당신도 빌 게이츠처럼 밤낮을 가리지 않고 열심히 한다면, 100% 성공한다.

만약, 그렇게 할 자신이 없으면 멀린다처럼 옆에 서 있어라. 옆에 서 있던 멀린다는 그와 결혼해서 벼락부자가 되었고, 그의 친구들은 동업자가 되어서 역시 벼락부자가 되었다.

하지만 그냥 옆에만 있다고 되는 것은 아니다. 옆에 있더라도, 진지한 대화를 함께 나눌 수 있는 실력은 갖추어야 한다. 똑같이 옆에 있더라도, 도어맨은 팁만 받기 때문이다.

평생 가고 싶은 자신의 길을 찾아라.

자신의 길을 찾았다면, 그 길을 열심히 가라.

자신의 길을 스스로 찾기가 어렵다면, 자신의 길을 가르쳐줄 수 있는 스승을 찾아라.

자신의 길을 가르쳐줄 스승도 보이지 않는다면, 능력 있는 친구라도 찾아라.

능력 있는 친구도 없다면, 책을 찾아라.

책 속에는 반드시 길이 있다.

대기업과 중소기업

회계사들이 주로 근무하는 회계법인에도 작은 회계법인과 대형 회계법인이 있다.

대형 회계법인에서 근무하게 되면 가끔 대기업의 회계감사에 참여한다.

대기업 회계감사에 참여하게 되면, 당연히 대기업의 모든 것을 빠짐없이 보아야 한다.

대기업이 가지고 있는 모든 자산과 부채, 자본을 보아야 하고 대기업의 매출과 매입을 포함한 모든 수입과 지출을 보아야 한다.

하지만 대기업은 그 규모가 너무나 크기 때문에, 대기업의 회계감사에는 보통 20명 이상의 회계사들이 참여하게 되며 업무의 효율성을 이루기 위해서 회계사별로 업무를 나눈다.

예를 들어 어떤 회계사가 건물 부분을 맡기로 결정되었다면, 그 회계사는 건물에 대해서 완벽하게 감사를 해야 한다. 대기업은 규모가 엄청나게 크고 지역에 따라 분산되어 있다.

따라서 사무실 건물 1, 2, 3, 4, 5…가 될 것이고, 공장 건물도 1,

2, 3, 4, 5…가 될 것이다. 창고 건물도, 기타 건물도 1, 2, 3, 4, 5…가 될 것이다. 그 모든 건물의 취득원가를 계산해야 하고, 중간에 지출된 수선비도 살펴야 하고, 감가상각비도 계산해야 한다. 그 건물이 사용 중인지 사용 불가능인지도 살펴야 하고, 은행에서 빌린 돈의 담보로 제공되어 있는지도 살펴야 한다.

대기업은 보통 3년 단위로 회계감사 계약을 한다. 건물 부분을 맡은 그 회계사는 어쩌면 3년 동안 대기업을 감사하려고 갔지만, 건물만 실컷 보고 돌아올지 모른다. 다른 부분을 맡은 회계사도 크게 다르지 않다. 20명 이상의 회계사들 모두가 대기업 전체를 감사하는 줄 알고 갔지만, 대기업의 한 조각만을 각자 열심히 보고 오는 셈이다.

국가가 똑똑하다고 인정한 회계사도 대기업의 작은 부분만을 보고 오는 상황이라면, 회사가 똑똑하다고 인정한 신입사원도 당연히 크게 다르지 않을 것이다. 대기업 어떤 부서의 작은 레고 조각으로 배치된 후 열심히 맡은 일을 하다가, 점차 높은 자리에 있는 레고 조각으로 배치될지 모른다.

그렇지만, 세상의 모든 일은 동전의 앞면과 뒷면처럼 언제나 밝은 면과 어두운 면을 동시에 가지고 있다. 대기업에 근무하든 혹은 중소기업에 근무하든 아니면 다른 어느 곳에 근무하든, 언제나 그 장단점은 있다.

　대기업에 근무하게 되면 거대한 조직의 체계적인 운영시스템에 의해 자신에게 부과되는 업무를 끝없이 해야 하지만, 물질적인 풍요는 누릴 수 있다. 월급과 상여금이 많으므로 자신의 미래 자금을 모을 수 있으며, 좋은 근무환경에서 직장생활을 할 수 있다.
　중소기업에 근무하는 경우에도 당연히 장단점이 있다.
　중소기업 중에서는 대기업만큼 급여가 높거나 좋은 근무환경을 갖춘 곳도 있지만, 대부분의 중소기업들은 대기업에 비해서 급여가 적으며 직원들에 대한 복지수준이 낮다. 또, 대기업은 시스템으로 운영되지만, 중소기업은 사장 1인의 의사결정에 따라 운영되는 곳이 많기 때문에 특이한 사장을 만나면 고생할 수도 있다.
　그러나 중소기업에 몇 년 근무하다 보면 대기업과는 달리 그 중소기업의 전체를 쉽게 파악할 수 있다. 원재료를 어디에서 매입해서, 어떻게 생산하고 관리를 하여, 어느 곳으로 팔고 있는지 그 전체 흐름을 알 수가 있다. 자신만 열심히 일한다면, 언젠가는 자신도 독립하여 작은 기업의 대표가 될 수 있다.

　이와 같은 장단점이 있다는 것 외에도 젊은이들이 알아야 할 또 한 가지 중요한 사실은, 세상의 모든 일은 언제나 충분한 시간과 충분한 노력을 필요로 한다는 것이다.

사업, 스포츠, 음악, 미술, 문학, 과학 등등 어떤 분야에서든 성공을 이루기 위해서는 충분한 시간과 충분한 노력이 반드시 있어야 한다는 것이다.

하늘을 높이 나는 솔개도 작은 알을 깨고 나와 저렇게 컸고, 울창한 숲속의 아름드리나무도 작은 씨앗에서 싹을 내어 저렇게 자랐다는 서양 속담을 생각해 보면 알 수 있을 것이다.

따라서 현재 어느 곳에 근무하고 있든, 어떤 시험을 준비하고 있든, 무엇을 하고 있든지 간에, 지금 하고 있는 작은 일부터 차근차근 제대로 하는 것이 무엇보다 중요할 것이다.

결혼

(1) 결혼 초반: 양보하라

아름답고 멋진 산은 멀리서 보아야 한다. 가까이 가면 실망할 수가 있다.

사람도 마찬가지다. 가끔 만나 데이트할 때는 멋진 사람이었는데, 결혼해서 함께 생활해보니 생각하지도 못한 단점들이 나타난다. 또한 각자 오랫동안 다른 환경에서 살았기 때문에 문화의 충돌도 생긴다.

따라서 사소한 다툼은 언제나 발생한다. 다툼이 생길 때마다 법원의 판사처럼 시시비비를 따진다면 정말 법원에 갈 일이 생길지 모른다.

상대방을 배려하고 양보하라. 그러면, 지는 것이 이기는 것임을 저절로 알게 된다.

(2) 결혼 중반: 비교하지 마라

사람들은 정말 이상하다. 자기 가족들이 하는 말은 이것저것 따져가면서 잘 믿지 않지만, 남들이 하는 말은 100% 사실처럼 단순하게 믿어버린다.

"저 집 남자는 사업을 잘해서 여기저기 부동산을 사고…."

"그 집 아들은 대기업에 입사하더니 부잣집 딸을 만나서…."

"요 집 딸은 공부를 잘해서 장학금을 받고 미국으로 유학을…."

이런 말들을 들으면, 그 안에 숨겨져 있는 진실은 알 필요가 없다는 듯이 그냥 상심의 골짜기로 자진해서 추락해버린다. 그리고 집으로 터덜터덜 돌아오면서, '나는 세상을 너무 안일하게 살아온 것은 아닐까?' 자아비판도 하고, '우리 집은 어디에서부터 잘못되었을까?' 과거 복기도 한다. 바닥으로 추락한 마음은 시간이 지나면 회복하겠지만, 그동안 가족들의 마음에 어떤 상처를 남겼는지 모른다.

부자도 자기보다 더 잘난 사람들과 비교하면 당연히 가난한 사람이 된다.

그러므로 자신의 인생과 전혀 상관없는 잘난 사람들과 절대로 비교하지 마라.

(3) 결혼 후반: 협조하라

결혼 후반에는 부부가 함께 있는 시간이 많아진다. 집에 같이 있으면서 누구는 일하고 누구는 놀고 있으면, 언제나 화가 나는 사람은 정해져 있다.

아내가 요리하면, 수저를 갖다 놓아야 한다. 짝 맞춰 잘 갖다 놓아야 한다.

아내가 설거지하면, 식탁을 닦아야 한다. 흔적을 남기지 말고 잘 닦아야 한다.

아내가 진공청소기를 돌리고 있을 때 소파에 앉아 발만 '까닥' 든다면, 아내의 심장에 불을 붙여 쓰레기와 함께 빨려 들어갈지 모른다. 발 대신 손을 들어 진공청소기를 잡아라. 야수의 눈빛 대신 사랑의 불꽃을 볼지 모른다.

작은 동작, 다정한 말 한마디가 냉랭한 분위기를 따뜻하게 바꿀 수 있다.

(4) 작은 실험: 기억하라

애완견이 있는 친구 집에서 실험하면 될 것이다.

실험 ① 애완견을 보면 귀여워해주고, 가끔 빵 한 조각도 선물로 주어라. 당신을 볼 때마다 꼬리를 흔들며 달려올 것이다.

실험 ② 애완견에게 아무런 행동도 하지 마라. 다만, 나올 때 살짝 한 대 걸어차라. 일주일도 되기 전에, 당신을 보면 먼저 이빨부터 드러낼 것이다.

부부 모두 이 실험 결과를 항상 기억한다면, 언제나 가화만사성이다.

마음

 엄마가 다니던 절에서 몇 달간 공부를 한 적이 있다.

 그 절은 기차역에서 내려서 꾸불꾸불 한참을 간 후에, 또 꾸불꾸불 올라가면 작은 산들로 둘러싸여 있는 아담한 절이었다. 깜깜한 작은 산 위로 노랗고 둥근 달이 뜨면 마음이 환해지는 그런 곳에 있었다. 평일에 공부하고, 토요일 오후에 산에서 내려와서 일요일 밤에 올라갔다.

 내려오는 토요일 오후는 마음이 가벼웠다. 길가에 서 있는 초록색 소나무들도 "푹 쉬었다가 오세요." 하듯이 가지를 흔들어댔다. 올라가는 일요일 밤은 마음이 무거웠다. 길가에 서 있는 시커먼 소나무들이 "네 이놈, 뭘 꾸물거려." 호통을 치듯이 몸통을 흔들어댔다.

 같은 사람이 같은 길을 오고 가는데도 이렇게 마음이 달라지다니.

 사업을 오랫동안 한 어떤 사업가가 이렇게 말했다.

 "마음이 열린 공무원을 만나면 일이 쉽고, 마음이 닫힌 공무원을 만나면 풀기가 정말 어렵습니다."

 '이것은 안 된다'라고 판단한 공무원을 만나면, 이 서류를 갖고 가면 저 서류를, 저 서류를 갖고 가면 다음 서류를, 보충과 보완 서류로 몇 번이나 왔다 갔다 해야 할 상황이 발생한다.

'이것은 된다'라고 판단한 공무원을 만나면, 될 수 있는 서류를 상세히 가르쳐준다.

에구, 모든 공무원을 '안 되면, 되게 하라!' 용감하게 외치는 특전사 출신들로만 임명할 수도 없고.

작고 오래된 문을 열 때도 마찬가지다.

열쇠를 이리 돌리고 저리 돌리고 하다가, 문을 '빵' 차고 씩씩거리면서 어디론가 가버리는 사람이 있는가 하면, '될 텐데' 하면서 열쇠를 귀한 물건 다루듯 이리저리 조심스럽게 돌리면서 '찰칵' 여는 사람이 있다.

쉽게 도전하고 쉽게 포기하는 마음과 항상 긍정적으로 생각하는 마음의 차이라고 할 수 있다.

나폴레옹은 말했다. "불가능은 없다."

우리는 말한다. "뭔 소리, 안 되는 일이 얼마나 많은데."

가능과 불가능은 사람의 차이가 아니라, 마음의 차이일지 모른다.

생각 내려놓기

음력 초하룻날이면 아내는 절에 간다. 그리고 석가탄신일에도 가고, 동짓날에도 간다.

처음에는 엄마가 다녔던 절에 갔지만, 그곳에서 멀리 떨어진 곳으로 이사 온 후부터는 우리 동네에 있는 절에 간다. 아이들이 커서 대입 수능을 준비할 때는 매일 새벽에 일어나 작은 방에 조용히 앉아서 불경을 읽기 시작하더니, 수능일이 점차 가까워지자 100일 연속으로 절에 가고, 또 팔공산 석불님에게도 갔다. 아이들이 대학에 들어간 후부터는 다시 드문드문 절에 갔다. 그러더니, 작은 아이가 어떤 시험을 준비하자 다시 새벽에 일어나서 작은 방에서 불경을 읽기 시작했다. 그러던 어느 날, 한숨을 내쉬면서 엉뚱한 이야기를 했다. 불경을 읽고 있으면 처음에는 제대로 읽다가, 조금 시간이 흐르면 읽으면서 잡생각을 조금 하다가, 나중에는 무엇을 읽고 있는지 모를 때가 많다는 것이었다. 이런, 새벽부터 아내가 열심히 기도하는 줄 알았는데 엉뚱한 세상 생각이나 하고 있었다는 말 아닌가.

생각 내려놓기가 어렵다.

내려놓은 줄 알았는데, 어느새 다시 생각하고 있다.

사람은 하루에 오만 가지를 생각한다고 한다. 그럴지도 모른다.
책을 보면서 잡생각을 하고, 음악을 들으면서 잡생각을 한다.
친구가 앞에서 말을 하고 있는데도 나는 딴 곳에 가 있다.
황급히 돌아오지만, 친구는 벌써 뭔가를 말한 후다.
정말 생각은 시계의 초침처럼 순간순간 옮겨가는 것 같다.

스님들도 비슷할 것이다.
옛날에는 생각 내려놓기가 쉬웠을지 모른다. 보이는 것은 산과 나무, 논밭과 농부 몇 명, 소 몇 마리 정도였을 것이다. 지금은 상전벽해다. 하룻밤 사이 우후죽순처럼 새로운 건물이 보인다. 시원하게 뚫린 도로, 신나게 달리는 멋진 차들, 화려하게 차려입은 사람들, 이제는 절 안에까지 들어온 컴퓨터, 인터넷. 세상은 쉬지 않고 바뀐다. 모든 생각을 내려놓고 정신을 집중해서 무언가를 찾아야 하는데, 마음만 그럴 뿐 세상은 그럴 수 있게 해주지 않는다.

내원사로 놀러 가다 아내를 처음 만났다. 그 후 오랜 세월 엄청난 고집불통에 시달린 아내는, 화가 머리끝까지 솟구치는 날이면 내원사에 불을 지르겠다고 소리 지른다.

정말 생각 내려놓기가 힘든 세상이다.
번득번득 옮겨가는 생각에,

쉬지 않고 변하는 세상에,

불 지르는 사람 감시하랴,

시끌시끌한 세상 처다보랴,

정말 수행하기도 힘든 세상일지 모른다.

허상

고등학교 몇 학년 때인지 정확하게 기억나지 않지만, 겨울방학 때였다. 서울에 있는 이모 집에서 며칠 놀다가 집으로 내려오는 밤 기차 안이었다.

지금은 기차 내부가 깨끗하고 세련되어 있지만 그 당시에는 기차 안도 칙칙하고 형광등 불빛도 침침하고 좌석도 낡은 모포 비슷한 것으로 덮여 있는, 영화 '닥터 지바고'의 한 장면을 연상시키는, 쉰내가 풀풀 나는 듯한 어두운 분위기였다. 그날 운 좋게 좌석 창가에 앉은 나는 깜깜하지만 그래도 형태를 짐작할 수 있는 산과 들판, 나무들과 집들, 반짝이는 먼 불빛을 보면서 하품도 하고 졸기도 하고 기지개도 켜면서 앉아 있었다. 가끔 기차가 터널 안으로 들어갈 때는 어쩔 수 없이 기차 내부를 이곳저곳 살폈다. 그때 건너편 대각선 쪽 창가에 나처럼 기차 밖을 뚫어져라 쳐다보는 아가씨가 있었다. 거울처럼 변한 유리창에 그녀의 얼굴이 하얗게 나타났다. 눈과 코, 입 모양이 희미하지만 하얗게 매력적인 모습을 형성하고 있었다. 그 누나도 유리창 거울을 통해 내 쪽을 보는 것 같아서 얼른 다른 곳을 쳐다보았다. 그때부터 틈틈이 창밖을 보는 척하면서 얼굴과 눈동자를 살짝 돌려 그 누나의 옆모습과 유리창에 하얗게 비친 예쁜 얼굴을 감상하기 시작했다. 가슴이 콩닥콩닥하는 것을 느꼈다. 저 누나도 나처럼 보고 있는 것이 아닐까 하고 생각하기도 했다. 그러다가 어느 순간 그 누나가 얼굴을 내 쪽으로 홱 돌리는 바람에 눈이 마주치면서 얼굴을 정면으로 보고 말았다. 아, 처다보지 말 것을.

친구들과 가끔 가는 꼬치구이 집에서 맥주를 마시고 있을 때였다.
그 집은 좁은 통로를 사이에 두고 4인용 테이블이 양쪽으로 2개씩만 있는, 작고 아담한 술집이었다. 붉은 삿갓 등이 분위기 있게 걸려 있는, 좁지만 아늑한 곳이었다. 친구들과 맥주를 마시다가 슬쩍 옆을 보니 통로 옆 테이블에 새침한 모습의 아가씨들이 낮은 목소리로 수다를 떨면서 맥주를 마시고 있었다. 자연스럽게 건너편 좌석의 아가씨를 슬쩍 보았다. 예쁜 얼굴이었다. 갸름한 얼굴과 하얀 피부를 가진 아가씨였다. 살짝 웃을 때는 하얗고 고른 치아가 약간 보였다. 친구들과 건성으로 이야기하면서 몰래 슬금슬금 훔쳐보기 시작했다. 옛날 사람들이 이조 백자를 호롱 불빛에 이리저리 비추어보는 마음을 이해할 것도 같았다. 그때였다. 누군가 내 옆을 지나가다가 비틀하더니 그녀의 어깨를 '툭' 친 것 같았다. 갑자기 쇳소리가 터져 나왔다. 아, 듣지 말 것을.

젊었을 때 여성에 대한 미의 기준은 당연히 예쁜 얼굴과 날씬한 몸매였다.

결혼하기 전에는 누군가의 소개로 맞선을 본 적이 몇 번 있었다. 어느 날 아는 사람으로부터 연락이 와서 약속 시간에 맞춰 약속 장소로 갔다. 그녀가 있었다. 나의 기준에 제대로 맞지 않았다. 커피를 마시면서 의례적인 대화를 나누고 가볍게 헤어졌다.

중년의 나이가 되었을 때였다. 누군가의 제안으로 부부 운동모임에 나갔다가 아는 얼굴을 만났다. 그녀였다. 옅게 웃는 모습이 그녀도 나를 알아본 것 같았다. 누군가가 이 엄청난 사실을 알아서 일부러 장난치는 듯, 얄궂게도 그녀 부부와 같은 조가 되었다. 그날 오후 한나절을 함께 먹고 마시며 움직였다. 그녀가 참 마음에 들었다.

나이가 들고 삶의 경험이 쌓이면서 여성에 대한 미의 기준이 저절로 바뀌어 있었다. 인정스러움과 넉넉함이었다.

이상한 연구

세상에는 이상한 동물도 많지만, 이상한 사람도 많다.

동물들을 가두고 재우고 먹이고 찌르고 자르고 뽑고 해서, 월급을 받거나 대박을 터트리는 동물 연구자들이 있다. 그 동물 연구자가 뭘 하든 그 가족들은 언제나 흐뭇해하고 있을지 모른다.

이와는 반대로, '동물들은 하루 종일 뭘 하면서 지낼까?' 그런 궁금한 표정으로 집에서 가져온 도시락을 까먹으면서 그냥 지켜보는 동물 연구자들도 많다. 동물을 관찰하는 그 사람은 즐거울지 몰라도, 그 사람을 관찰하는 가족들은 속이 터질지 모른다.

어떤 동물 연구자가 수풀 속에서 새 둥지를 발견하였다. 어미 새는 모이를 먹으러 갔는지, 새끼 알만 5개 있었다. 그중 1개를 몰래 감추었다. 둥지로 돌아온 어미 새는 그 사실을 모르는 듯, 새끼 알을 품고 앉았다. 시간이 지나서 어미 새가 모이를 먹으러 또 날아가자, 새끼 알 1개를 또 숨겼고 둥지에는 새끼알 3개가 남아 있었다. 이번에도 둥지로 돌아온 어미 새는 여전히 알아차리지 못했다. 또 날아갔고, 또 1개를 숨겼다. 둥지에는 새끼 알 2개가 남아 있었다. 모이를 먹고 둥지로 돌아온 어미 새는 이번에는 울고불고 난리를 쳤다. 아마도 그 어미 새는 3개까지만 계산할 수 있는 것 같았다.

이 동물 연구자가 의기양양하게 집으로 돌아와 아내와 저녁 식사를 하면서, 자기가 발견한 내용을 자랑스럽게 이야기한다면 그 아내의 반응은 어떨까?

당연히 흐뭇한 표정으로 이렇게 말하는 아내가 있을 것이다.

"어머, 신기하네요. 새가 계산할 줄 알다니, 학술지에 발표해서 그 신기한 내용을 모든 사람이 알게 하세요. 그러면서, 슬쩍 당신 이름도 알리세요. 박수, 짝짝짝."

분명, 속 터지는 아내도 있을 것이다.

속은 터지더라도 차분하게 대처하는 아내도 있을 것이다. 남편의 어깨쯤을 보면서, "우리 앞집은 온 가족이 이번 여름방학에 유럽 여행 간다고 합니다."라고 담담하게 말한 후, 둔한 남편이 자기 말을 온전히 이해할 수 있도록 조용히 밥을 먹는 아내가 있을 것이다.

하지만 직선적인 아내도 있을 것이다.

밥을 뜨려던 숟가락을 식탁에 '탁' 놓고는, "여봇, 당신이 맨날 이상한 연구만 하고 다니니, 우리가 이 아파트에 그대로 살잖아욧. 이 아파트도 친정집 도움으로 산 거구욧!"

이보다 더 열 받는 아내도 있으려나?

이상한 질문

어느 날, 평소 알고만 지내던 친구에게서 전화가 왔다.

"회사를 그만두고 조그만 사업을 하나 시작하려는데, 1년 매출액이 5억 정도가 되면 세금은 얼마나 낼까?"

이런 질문은 "부산에서 서울로 가려면, 어떻게 가야 하나?" 하고 묻는 것과 같다.

부산에서 서울로 가려면 비행기를 타고 가든지, 기차를 타고 가든지, 걸어가든지 아니면 부산 앞바다에 풍덩 뛰어들어서 목포를 돌아 인천까지 헤엄친 후 다시 뛰어가든지 등등 수만 가지의 방법이 있을 수 있다.

매출액이 5억이면, 그 재료비가 있을 것이고 직원들 급여도 주어야 할 것이고 임대료도 지급해야 할 것이고 기타 무수한 비용이 들 것이다.

따라서 이익이 1억이 될 수도 있고, 2억이 될 수도 있고 아니면 소액에 불과할 수도 있고, 어떤 경우에는 손실이 날 수도 있을 것이다.

간단하게 질문했으므로, 간단하게 대답했다.

"이익이 많이 나면 세금을 많이 내고, 이익이 적으면 세금을 적게 내고, 적자가 나면 세금 안 낸다."

질문한 그 친구나 대답한 나나 열불 나기는 마찬가지다.

사무실로 어떤 아주머니가 찾아와서 말했다.

"우리 동네에 있는 32평 아파트를 팔까 생각 중인데, 판다면 세금은 얼마나 나올까요?"

양도세를 계산하려면, 그 아파트의 판 금액과 처음 샀을 때 금액, 기타 관련 비용과 몇 년 보유했는지의 여러 가지 변수가 있다고 말했다.

그러자, 그 아주머니는 나에게 동의를 구하듯이 이렇게 말했다.

"그래도 세금은 얼마 안 나오겠지요."

당연하지요. 얼마 안 나오겠지요. 문제는 그 얼마가 얼마냐 이거지요.

"코끼리 한 마리가 대략 몸무게 몇 킬로 나갈까요?"

어떤 코끼리? 아빠 코끼리? 엄마 코끼리? 아기 코끼리?

혈압 팍팍 올리는 이런 어중간한 질문은 절대로 하지 맙시다.

그리고 돈하고 관련된 숫자는 절대로 가볍게 보면 안 됩니다.

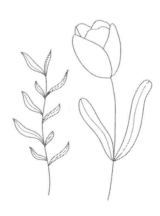

5단계 이론

'문화 5단계'라는 것이 있다.

어떤 사람이 새로운 곳에서 생활을 시작할 때, 그곳 문화를 받아들이는 과정을 설명한 것인데, 간단하게 설명한다면 다음과 같다.

1단계: 신비한 단계
- 모든 것이 새롭고, 신비스럽게 느껴진다.
2단계: 비판의 단계
- 조금 살다 보니, 불합리한 점이 보인다.
3단계: 재인식의 단계
- 조금 더 살다 보니, 불합리한 점이 이해된다.
4단계: 성숙 단계
- 그 문화가 편안하게 느껴진다.
5단계: 고향의 단계
- 내 집에서 생활하는 것처럼 행동한다.

제갈공명은 적과 싸우기 전에 항상 전투가 벌어질 장소를 먼저 생

각했다. 그곳의 지형지물을 완전히 파악하고 주변 힘의 균형 관계를
고려한 후, 군사들을 적절하게 배치하고 적절한 시점에 공격과 후퇴
를 명령했다. 고향의 단계에서 전투를 지휘하는 제갈공명과 싸워서
이기는 사람은 거의 없었다.

어떤 조직에 그 조직과 관계없는 비전문가가 책임자로 임명되면
어떻게 될까?
1단계부터 시작해야 한다. 모든 것이 새롭고 신비스럽게 느껴진다.
그 사람은 그 조직에서 오랫동안 근무한 사람들로부터 업무 오리
엔테이션을 받은 후 책임자로서 업무를 시작한다. 중간중간에 이해
가 안 되는 업무는 현장 즉석 학습을 받으면서 업무를 수행한다.

2단계에 들어서서 업무를 조금 알게 되면, 가끔 짜증을 낸다.
"도대체, 전임자들은 뭘 한 거야. 이렇게 불합리한 점을 그대로
두고."

3단계에 들어서서 조금 더 알게 되면, 혼자서 너털웃음을 짓는다.
"아하, 그랬구나. 이런 것 때문에 그대로 둘 수밖에."

이때쯤이면 세월이 한참 흘러서 또 다른 비전문가가 책임자로 임
명될지 모른다.

그러면, 다시 1단계부터 시작해야 한다.

이런 상황이라면, 그 조직의 개혁과 발전은 거의 기대할 수 없을 것이다.

회계사로 근무하고 있으면 가끔 세무서를 방문하게 된다.

옛날의 세무서는 어수선한 사무실 분위기, 불친절한 직원들, 가끔 세무 비리로 구속되는 직원들, 거의 국민의 신뢰 수준이 바닥인 곳이었다. 지금은 깔끔한 은행을 연상시키는 듯한 분위기로 바뀌었고, 국민의 신뢰 수준도 매우 높다.

누가 그렇게 바꾸었을까?

단 한 명이 앞장서서 그렇게 했다고 해도, 그렇게 틀린 말은 아닐 것이다.

그는 거의 30년 동안 세무공무원으로 일하면서 국세청과 지방의 여러 세무서를 거친 후, 국세청장이 되었다. 오랜 근무 경험으로 어디를 어떻게 하면 어떻게 된다는 것을 파악한 그는, 국세청장으로 취임하자마자 제갈공명처럼 조직과 인원을 효율적으로 재배치하고, 모든 국세 행정이 시스템적으로 운영될 수 있도록 바꿨다.

개혁의 효과가 나타나는 데는 그렇게 오래 걸리지 않았다. 사람들은 감탄을 금할 수 없었지만, 고향의 단계에 있는 그로서는 그렇게 어렵지 않은 일이었을지 모른다.

따라서 어떤 조직이든, 그 조직에서 오랫동안 근무한 사람 중에서 책임자를 임명하는 것이 가장 바람직할 것이다.

화

화를 내지 않는 사람은 없다.

화를 드문드문 내느냐, 아니면 벌컥벌컥 내느냐의 차이뿐이다. 화는 인간이 살아가면서 나타내는 기본 감정인 희로애락의 하나이기 때문이다. 날씨와 같다. 맑은 날, 흐린 날, 비 오는 날, 천둥 번개 치는 날 중의 하나라고 할 수 있다. 여건만 갖추어지면 언제, 어디서나 나타난다.

화가 나면 어떻게 할 것인가?

화가 나면 그대로 화를 내야 한다는 사람들이 있고, 화를 다스려야 한다는 사람들도 있다.

화가 나면 그대로 화를 내라는 사람들은, 화를 내지 않고 참고 있으면 그 화가 몸 안에 쌓여서 화병의 원인이 될 수 있다고 한다. 맞는 말인 것 같은데, 주변 사람들에게 피해가 가지 않도록 조심해야 할 것 같다. 자신의 화를 분출해서 자신은 좋을 것 같은데, 가까이 있던 사람들에게로 화가 유입될 수도 있기 때문이다.

화를 다스려야 한다는 사람들은, 화의 근본 원인을 찾아서 해결해야 한다는 것이다. 매우 타당한 말인 것 같다. 무슨 일이 생기면, 당연히 그 근본 원인을 찾아야 한다. 그 근본 원인에 대해서 치료하지 않고 나타난 현상만을 치료한다면 '두더지 잡기 놀이'가 될 수 있다.

그런데 화의 근본 원인은 사람들인데, 담을 쌓고 혼자 지낼 수도 없고 정말 어려운 문제다.

이래저래 화는 화만 돋게 하는 고약한 문제임이 분명하다.

화를 내는 시기가 일정한 사람이 있다.

평소에는 화를 내지 않다가, 술만 마시면 화를 벌컥 내는 사람이다. 평소에는 "그래도 돼. 그 정도는 괜찮아."라고 하다가, 술만 마시면 "그러면 안 돼. 그 정도도 안 괜찮아."라고 하면서 화를 벌컥 낸다. 주위의 사람들은 그 사람을 정신적으로 문제가 있는 사람이라고 생각하지만, 본인은 당당하다. "아니, 그러면 일주일 중 술을 마시는 2시간 빼고 나머지 시간 동안 화를 내고 있어라. 그런 말이야? 무슨 계산이 그래?"

화를 내는 시기가 다른 두 사람이 있다.

한 사람은 기분이 나쁘면 주위에 누가 있건 말건 벌컥 화를 낸다. 사람의 뇌는 작은 자극에는 반응하지 않지만, 강한 자극은 뇌의 일정 공간에 기억을 저장한다. 그 사람이 화를 벌컥 낸 것을 목격한 주변 사람들은 조심한다. 순환 효과가 발생한다. 주변 사람들이 조심하기 때문에 그 사람은 화를 낼 일도 없다. 항상 무난하게 흘러간다. 따라서 주변 사람들은 이렇게 생각한다. '저 사람은 불뚝성은 있지만, 뒤끝은 없는 사람이네.' '저 사람은 화가 나면 화를 그대로 내는 사람이니까, 투명하고 신뢰할 수 있는 사람이야.'

다른 한 사람은 화가 날 일이 있어도 참는다. '아니, 화가 난다고 그때마다 화를 내면 곤란하지. 사회생활 하면서 그 정도는 적당히 참아야지.' 이렇게 생각한다. 그렇지만 뭐든지 한계가 있다. 쌓여서 한계점을 넘으면 폭발할 수밖에 없다. 쌓여서 폭발할 때는 그 파괴력도 세다. 평소에 그 사람이 화가 난 줄 전혀 몰랐던 주변 사람들은 깜짝 놀라면서, 이렇게 생각한다. '아니, 화를 낼 일이 있었으면 화가 난다고 진즉에 말을 해야지. 헤어질 때 그렇게 터트리면 어떡해. 정말 못 믿을 사람이구먼.'

이상한 속담이 생길 수도 있겠다.
'화가 나면 일찍 내라. 늦게 내면 손해 본다.'

등산 유감

젊은 시절에 산은 아무런 재미도, 아무런 의미도 없는 그런 곳이었다.

산은 그냥 흙과 돌, 바위와 나무가 서로 섞여 있는 단순한 물체였다. 특이하게 섞어서 쌓았느냐 아니면 그냥 섞어서 쌓았느냐의 차이뿐이었다. 친구 따라 산에 왔기 때문에 그냥 오르는 그런 곳이었다. 산을 오르는 것은 멋지게 놀 줄 모르는 사람들의 평범한 취미 정도로 생각하고 있었다. 그리고 언제나 정상까지 가야만 하는 줄 알았기 때문에, 내 호흡보다는 앞서가는 친구의 호흡에 맞춰 산을 올랐다. 숨이 차고 가슴에는 끊어지는 통증을 남기는, 괴로운 곳이었다. 산 정상 근처에서 가끔 만나는 도토리묵과 막걸리만이 유일한 기쁨이었다. 다람쥐나 새에게는 중요하지만, 사람들에게는 의미가 없는 곳이라고 생각했다.

휴식보다는 뭔가 신나고 재미있는 것을 원하는 젊은 몸과 마음에는, 산은 아직 의미가 없을 때였다.

나이가 들어서 가는 산은 달랐다.

사회생활에 지친 몸과 마음에 휴식을 주는 고마운 곳이었다. 산은 언제나 그 자리에 있었다. 휴식이 필요한 몸을 이끌고 그냥 가면 되는 곳이었다. 자주 온다고 짜증을 내지도 않았고, 오랜만에 온다고 까칠하게 굴지도 않았다. 산은 항상 그곳에 있으면서, 오는 그대로 받아주었다. 휴식이 필요한 사람들을 위해 만들어진 조용하고 쾌적한 쉼터처럼 느껴졌다. 멋진 숲길과 잘 만들어진 나무 계단, 싱그러운 초록색 나무들이 울창한 산은 언제나 멋진 휴식처였다.

그런 멋진 산에 요즘 곤란한 일이 생겼다.

산에서 음악을 듣는 사람들이 나타나기 시작한 것이다. 산에서 듣는 음악은 아무리 그 선율이 아름답다고 하더라도, 자연의 소리에 비하면 기계 소리처럼 들린다.

기계 소리가 아래쪽에서 들려온다. 소리는 밑에서 위로 올라온다. 이대로 올라가면, 기계 소리는 끝없이 나를 따라서 올 것이다. 휴식하려고 온 산에서 싸울 수도 없다. 어쩔 수 없다. 자연의 소리를 즐기려면, 이대로 서 있으면서 기계가 먼저 올라가기를 기다리는 수밖에 없다.

산 정상에도 기계들이 모여 있다. 어쩔 수 없다. 기계들이 내려가기를 기다리거나 아니면 내가 먼저 내려가거나 해야 한다.

산에는 새소리, 물소리, 바람 소리, 나뭇잎 사락거리는 소리가 난다. 자연의 소리는 언제나 듣는 사람의 마음을 편안하게 해 준다.

산은 자연의 소리로 가득 차 있는데, 왜 기계를 들고 산으로 올까?

사람들은 몇 시간을 차로 달려서, 그리고 끙끙거리며 힘들게 그 아름답고 멋진 산에 올라와서, 멋진 경치는 잠깐 보고 사진을 찍은 후, 아이들 이야기나 세상 이야기를 한다.

산에 와서는 복잡한 세상을 잠시 잊고, 산속에 그냥 푹 빠져 있다 가면 좋을 텐데.

실수

사람은 누구나 실수한다.

그렇다면, 실수하지 않는 방법은 없을까?

왜 없겠나, 당연히 있다.

맑은 정신과 건강한 몸으로 쾌적한 환경에 있으면, 거의 실수하지 않는다.

이런 상황에서는 어떤 복잡한 문제도 실수 없이 척척 처리할 수 있을 것이다.

그런데, 이런 최상의 조건들은 현실에서는 어렵다.

오전에는 혹시 그런 조건이 되어 있다고 하더라도, 점심을 먹고 나면 몸이 나른해지면서 정신이 몽롱해진다. 지난밤에 술이라도 마신 경우에는 더 피곤해진다.

그리고 집에서나 사무실에서나 무슨 복잡한 일이 그렇게 많이 발생하는 것인지, 틈만 보이면 언제라도 '실수'라는 놈이 바로 튀어나올 분위기가 형성된다.

조조가 자신의 후계자로 생각하면서 가장 아끼던 막내아들이 어느 날 시름시름 앓더니 죽었다. 깊은 슬픔에 빠진 조조는 문득, 막내아들이 죽음으로써 누가 가장 이득을 볼까 생각하다가 의심이 들어 큰아들을 불렀다. 자신의 반백의 머리를 가리키며 큰아들에게 말했다.

　"아비의 머리를 보아라. 아비는 살아오면서 흰 머리카락 숫자만큼 실수를 많이 했다. 너도 실수를 할 수가 있다. 실수를 고백하면 용서해주마."

　낮은 직급의 관리에서 출발하여 지존의 자리에 오를 정도로 총명했던 조조도 하얀 머리카락 숫자만큼은 아닐지라도 많은 실수를 했을 것이 틀림없다.

　조조만큼은 총명하지 못하지만, 그래도 엄청 똑똑하다고 생각하고 있는 나도 분명히 실수한 적이 많았을 것이다. 그렇지만 실수한 것보다는 훨씬 엄청나게 똑똑한 짓도 많이 했을 것이다.

　그런데 왜 내 머리는, 콩나물시루 통 속의 빽빽한 콩나물처럼 수많은 똑똑한 짓은 가만히 놔두고, 가뭄에 콩 나듯이 드물게 실수한 부분만을 가끔 불쑥 끄집어내어 기억나게 할까?

"어이구, 그때 왜 그랬을까? 현명하게 처리하지 못하고 왜 그런 바보 같은 짓을 했을까. 앞으로 더 이상 실수하지 않고 살아야 할 텐데."

역사는 반복된다

조선시대의 역사를 나의 관점에서 본다면, 권력투쟁의 역사라고 할 수 있다.

자리를 차지하고 있던 임금이 죽고 새로운 임금이 나타나면, 그 주변 사람들은 편을 나누어서 먼저 그 새로운 임금의 핵심 인물들이 되려고 난리를 쳤다. 중상과 모략이 난무하고, 치열한 암투도 벌였다.

서로가 편을 나누어서 이긴 편이 몽땅 갖고 진 편은 쫓겨나거나 죽거나 그것만으로 끝난다면 누가 뭐라고 할 사람은 없을 것이다. 원래 승부의 세계가 그런 곳이기 때문이다.

하지만 그 다툼과 전혀 관계없는 사람들이 다치니까 문제가 된다.

선조 임금 때였다.

한 신하가 "바다 건너 일본의 동태가 심상치 않으니, 조선 병사 10만 명을 양성해야 합니다."라고 말했다. 그러자, 당연히 반대파는 반대 논리를 앞세워 반대했다. "우리 편 찬성, 상대편 반대"를 서로 끝없이 외쳐대자, 골치가 아픈 선조 임금은 현명한 지시를 내렸다.

"두 팀이 함께 일본으로 건너가서 전쟁 준비를 하고 있는지 직접 보고 오시오."

그러나 직접 보고 돌아온 사람들도 똑같았다.

"전하! 우리 편은 찬성이옵고, 상대편은 반대이옵나이다."

결국 임진왜란이 일어났고, 우리 땅에서 전쟁이 7년간 계속되었다. 엄청나게 많은 조선 백성들이 죽거나 다치거나 일본으로 끌려갔다.

그렇게 엄청난 백성들을 희생시키고도, 그 후 또 편을 갈라 싸우고 또 싸웠다. 새로운 대진표를 만들어가면서, 싸우고 또 싸웠다. 결국 일본이 또 침략했으며, 이번에는 36년이었다.

그 긴 세월 동안 대다수 국민이 엄청난 고통 속에서 끔찍한 일들을 겪으며 살았다.

엄청난 국민의 희생 속에서 대한민국은 독립했다.

그런데, 또 편을 갈라서 또 싸웠다.

고등학교 때였다.

친한 친구 7명이 야외로 놀러 갔다. 그곳에서 난데없이 교과서 논쟁이 벌어졌다. 배우는 학생답게 교과서의 내용에 관한 논쟁이어야 하겠지만 당연히 그것이 아니었다.

지금은 교육부라고 하지만 그 당시에는 문교부라 불렀다. 그리고 교과서 앞면에는 인쇄체로 '문교부'라는 글자가 또렷하게 새겨져 있었다. 역사 시간에 배웠던 고려 무신 정중부가 생각났던지 한 친구가 갑자기 "우리 교과서는 성이 문씨이고 이름은 교부인, 문교부 씨가 썼다."라고 말했다. 처음에는 농담처럼 주고받다가 진지한 대화로 이어졌고, 결국 치열한 논쟁으로 번졌다. 치열한 논쟁 속에 마침내 어떤 친구 한 명이 결정타를 날렸다. "그러면, 우리 교과서는 전부 문교부 씨가 썼나?" 이 말에 자신의 주장이 잘못되었음을 직감한 그 친구는 그래도 평소 하던 대로 끝까지 우겼다.

세월이 몇십 년 흐른 후에, 이번에는 국회의원들 간에 교과서 논쟁이 벌어졌다. 고등학생들과는 달리 교과서의 내용에 관한 논쟁이어야 하겠지만 그것이라고 하기에는 무리가 있었다.

교과서의 내용에 관한 논쟁이 되려면, 먼저 국회의사당에서 서로 만나서 악수하고, 국회 회의실로 자리를 옮겨 회의실 탁자에 마주 보고 앉은 후, 교과서를 펴놓고 한 장 한 장 넘기면서 '이것은 맞고 저것은 틀리고, 그때는 맞고 지금은 틀리고 등등' 진지한 토론을 하여야 할 것인데, 전혀 그렇게 하지 않았다. 평소 하던 대로 서로 다른 곳에서 각자 주장만 외치고 있었다. '우리 편 찬성, 상대편 무조건 반대.'

누군가 물어볼 수도 있겠다. "가가 가가?"
참, 단수가 아니라 복수니까, "가들이 가들이가?"

아닙니다. 네버.

어떤 역사학자가 말했다.

"역사 속에서 교훈을 얻지 못하면, 불행한 역사는 다시 반복될 뿐이다."

오늘도 사람들은 여전히 편을 갈라서 또 싸우고 있다.

개선을 위한 대안 제시에는 별로 관심이 없고, 반대를 위한 근거만을 귀신같이 찾아내고 있는 사람들을 보면서, 역사는 다시 반복되고 있음을 어렴풋이 느낀다.

우리들의 이상한 행동들

외국 사람들은 가끔 이웃 사람들을 자기 집으로 초대하거나 혹은 자기가 초대받아서 이웃 사람 집을 방문하기도 한다고 한다. 그러면, 대개 식사를 마친 후 거실에서 차를 마시면서 이런저런 이야기를 나누는데, 주로 음악이나 그림 또는 그 작가에 대해서 이야기한다고 한다.

정말 이상한 사람들이다.

우리는 모였다 하면, 주로 남의 이야기를 한다.

어릴 때 아는 사람들로 시작하여 현재 알고 있는 사람들까지, 그리고 먼 곳에 사는 사람들부터 지금 자기 동네에 사는 사람들까지, 시간과 공간을 왔다가 갔다가 자유자재로 넘나들면서 말을 한다.

젊은 부부들도 예외가 아니다. 부부 모두 남의 이야기에 진지하다. 그러다가 남자들이 군대 이야기를 시작하면 여자들은 하품을 하기 시작하고, 남자들이 군대에서 축구 하던 이야기를 시작할 때쯤이면 여자들은 소지품을 주섬주섬 챙기기 시작한다.

나이가 들면서, 시간과 공간을 자유자재로 넘나들며 하던 이야기들이 깔때기 모양으로 한 곳으로 집중되는 현상이 나타난다.

생활에 여유가 있는 사람들은 골프 이야기를 한다.

골프에 관한 108가지 이야기가 다 나온다. 골프 전날 밤에 잠이 안 와서 난리를 친 이야기부터 골프가 잘된 날 이야기, 안된 날 이야기를 한다. 공을 산으로, 연못으로, 벙커로 보낸 이야기도 한다. 공이 왼쪽으로 혹은 오른쪽으로 휘는 이야기를 하면서 골프 연습생이 되었다가, 골프 선수가 되었다가, 열정이 넘치는 골프 교습가로 변신하기도 한다. 그러다가, 골프 마치고 간 술집 이야기를 한다. 내가 말이야…

어떤 사람들은 조용히 앉아서 여행 이야기를 한다.

자기가 갔던 아름답고 웅장한 산 이야기도 하고, 맑고 투명한 연녹색의 바다 이야기도 한다. 이국적인 분위기의 집과 건물을 이야기하다가, 그곳의 쇼핑센터 이야기를 하면서 목소리 톤이 약간 올라간다. 그러다가, 자기가 지닌 명품을 보여주면서 그 절정을 이룬다.

우리는 언제나 우리들의 이야기보다는 남의 이야기를 주로 한다.

그리고 언제나 자기 쪽은 보지 않고, 남의 흉만 열심히 본다.

아내가 가지고 있는 불교 책자에 '천수경'이라는 제목의 글이 있다.

그 글 첫마디에는 '정구업진언'이라는 단어가 나온다. 정구업, 구업을 정화한다. 즉, 입으로 지은 죄를 정화한다는 글일 것이다. 사람들이 말로 얼마나 많은 죄를 지었으면, 부처님이 글을 썼겠냐.

가슴이 뜨끔하다. 조심해야지.

수리 수리 마하수리 수수리 사바하….

우리를 슬프게 하는 것들

은퇴하고 시골집에서 책을 읽고 있던 어느 날, 문득 어떤 친구가 생각나서 전화했다.

우리가 젊은 시절에는 한밤중에 전화를 걸어도, "무슨 일이냐? 어디냐? 소주 한잔하자." 하면서 주섬주섬 옷을 입고 뛰어나올 그런 모양새였다. 하지만 무심한 세월에 몸도 마음도 늙어버린 그 친구는 한낮에 전화했지만 졸린 목소리였다.

"어, 오랜만이네(하~품). (…) 아냐, 사무실이야. (…) 아니, 갑자기 졸리네. (…) 그래, 다음에 보자."

언제인가 TV 채널을 이리저리 돌리고 있는데, 어떤 연속극 속의 누군가가 이렇게 말했다.

"바닥으로 완전히 떨어지니까, 평소에 나하고 같이 웃고 떠들고 친하게 지냈던 사람들이 나랑 정말 친했는지 아니면 나에게 친한 척했는지를 잘 알 수가 있더라."

조선시대 어떤 대신이 있었다.

그가 주변 사람들로부터 탄핵당하여 제주도에서 귀양살이하고 있을 때였다. 그의 제자 중 한 사람이 외교 관리로서 중국에 갔다가 거기서 귀한 책들을 구하게 되었고, 평소 책을 좋아했던 그의 스승을 생각하여 그에게 그 책들을 보내주었다. 바다 건너 먼 곳에서 초라하게 귀양살이하고 있는 자신을 잊지 않고 귀한 책들을 보내준 그 제자의 한결같은 마음에 감동하여, 그는 그 제자에게 '세한도'를 그려주었다.

추운 겨울이 오면, 숲속의 모든 나무는 자기가 가지고 있던 잎들을 땅에 떨어뜨리고 앙상한 모습으로 몸을 웅크려서 한겨울을 보내는 줄 알았는데, 소나무와 잣나무는 푸른 그 모습 그대로 한겨울을 보낸다고 한다.

'세한도'에는 한겨울 삭막한 집 한 채와 소나무, 잣나무 몇 그루가 그려져 있었다.

예나 지금이나, 세상인심은 비슷비슷한가 보다.

면접

어느 야구 감독이 이렇게 말했다.

"어린 선수가 야구방망이를 잡고 연습 스윙하는 것만 보아도, 그 선수가 대성할 수 있는지를 어느 정도 알 수 있다."

대기업 인사부에서 오랫동안 근무한 어떤 임원도 비슷한 말을 했다.

"신입사원과 몇 분간 대화를 해보면, 그 신입사원에 대해 어느 정도 알 수 있다."

면접이란 자기 눈으로 상대방을 평가하는, 어려운 작업이다.

따라서 오랜 세월 동안 야구를 한 경험이나, 오랜 세월 동안 인사 업무를 담당한 경험이 있는 사람만이 자기 분야에 대한 올바른 평가를 할 수 있을 것이다.

공무원을 선발하는 과정에 최종 면접이라는 절차가 있다.

면접관들은 인사 문제를 다루어온 인사 전문가가 아니라, 주로 공무원 업무를 오래 한 사람들이다. 따라서 업무를 심사한다면 적당한 사람들이겠지만, 사람을 심사한다면 적당한 사람들이라고 말하기가 어렵다. 그러한 점이 고려되었는지는 몰라도, 대개 필기시험 성적순으로 최종 면접을 통과한다. 하지만 가끔 최종 면접 점수가 합격 여부에 상당한 영향을 미치기도 한다.

교사나 교수를 선발하거나 채용하는 과정에도 최종 면접이라는 절차가 있다. 여기에도 면접을 전문으로 하는 인사 전문가는 없다고 할 수 있다. 따라서 교수님들이나 학교 행정을 오랫동안 담당한 책임자들 중심으로 면접관이 구성된다. 당연히 교사나 교수의 선발 기준은 성적이나 실력이겠지만, 가끔 다른 기준이 있었다는 사실이 알려진다. 신문이나 방송에 당사자들 간의 분쟁으로 인하여 선발 금액이 있었다는 사실이 가끔 공개되기 때문이다.

최종 면접을 볼 때, 면접관 앞에서 동네 불량배처럼 행동하는 수험생이 있을까? 늑대 같은 수험생이라 하더라도 면접관 앞에서는 양처럼 행동한다. 단 몇 분간의 면접으로 양의 탈을 쓰고 있는 늑대를 찾아낼 수 있을까? 그런 능력이 있는 부채 도사 같은 면접관도 거의 없다. 이러한 상황이라면 최종 면접 제도에 어떠한 의미가 있을까?

만약 단 몇 분간의 최종 면접 점수가 합격 여부에 중요한 변수가 된다면, 힘들고 긴 세월 동안 묵묵히 시험 준비를 해온 지원자들에게 너무 가혹한 것은 아닐까?

　젊은이들로부터 신뢰받는 사회가 되려면, 인위적인 요소에 의해서 결정되는 사회가 아니라 시스템에 의해 언제나 일관성 있게 결정되는 사회가 되어야 할 것이다.

눈치

동물도 눈치가 있다.

사자가 배가 고프면, 자기 눈앞에서 움직이는 동물은 모조리 공격한다. 하지만 같은 사자를 만나면 그렇게 하지 않는다. 눈치가 있기 때문이다. 해봐야 소득도 없이 몸만 피곤할 뿐이다.

그렇지 않은 동물도 있다. 수컷 물개다.

물개의 세계에서는 힘이 센 수컷 물개 한 마리가 주위의 암컷 물개를 독차지한다. 멋진 암컷 물개들로 잔뜩 둘러싸인 다른 수컷 물개를 보면, 빈털터리 물개는 갈등이 생긴다. 후궁 전부를 얻느냐, 아니면 물고기 밥이 되느냐 둘 중 하나다. 눈치도 없이 달려들다가 물려 죽는 물개도 많다.

약한 동물은 눈치가 '생명줄'이다.

자기보다 약한 동물을 만나면 사정없이 공격해야 하고, 자기보다 센 동물을 만나면 튀어야 산다.

사람은 태어날 때는 눈치가 없다.

배가 고프거나 몸이 불편하면 사정없이 운다. 하지만 점차 커가면서 눈치가 생긴다. 어릴 때는 아버지 눈치를 잘 살펴야 한다. 한 대 쥐어박히거나 용돈이 끊길 수 있다. 학교에 가서는 선생님이나 친구들 눈치를 봐야 하고, 직장에서는 직장 상사와 동료들의 눈치도 잘 봐야 한다. 술 사는 친구가 있다면 그 친구 눈치도 가끔 봐야 한다.

적당한 눈치는 사회생활에 꼭 필요하다.

분위기가 너무 과열되거나, 너무 가라앉는 경우는 눈치가 분위기를 부드럽게 해주는 역할을 한다.

모든 현상이 그렇듯이, 눈치도 지나치면 문제가 생긴다.

자신을 밀어준다고 과도하게 눈치를 채면 완장 효과가 생긴다. 자신이 특별한 완장을 찼다고 생각하는 순간 사람들은 광분하기 시작한다. 언제나 광분의 끝은 추락이다.

지도자는 지나치게 눈치를 봐서는 안 된다.

법이 만들어져 있다면 당연히 누구나 예외 없이 그 법을 따르도록 해야 하며, 분위기에 따라 이렇게 저렇게 다르게 적용되게 해서는 안 된다.

눈치가 법치를 앞서는 순간 나라는 혼란에 빠져들기 시작한다.

60세가 좋다

90세를 넘긴 할아버지들이 모여서 세상 이야기를 하다가, "다시 살 수 있다면, 몇 살로 돌아가고 싶냐?"라는 물음에 모두 20세가 아닌 60세라고 대답했다는 신문 기사를 읽은 적이 있다.

100년을 살다 간 프랑스 어느 철학자는, 자신이 가장 행복했던 시기는 55세부터 75세 사이였다고 말했다.

고등학교 때 친구의 이야기다.

그 친구는 자기와 덩치도 비슷하고 성격도 비슷한 단짝 친구가 있었다. 어느 토요일, 그 단짝 친구가 이상했다. 큰 사고를 칠 것 같은 분위기를 온몸으로 내뿜고 있었다. 그 친구는 조용히 지켜보다가, 혼자서 먼저 가겠다는 단짝 친구의 말을 무시하고 버스를 같이 탔다. 어쩔 수 없음을 느꼈는지, 단짝 친구는 강둑이 보이는 곳에서 내렸다. 두 친구는 터덕터덕 강둑으로 올라가서, 인적이 드문 곳에 앉았다.

단짝 친구는 강물만 쳐다보고 있었다. 한참 후, 단짝 친구가 말했다. "너무 힘들다. 부모님도 이혼할 것 같고, 집안 형편도 엉망이다. 나는 떠나련다." 그러면서 여러 군데 약국에서 사 모은, 수면제가 들어 있는 약 봉투와 소주 한 병을 꺼내었다. 비슷하게 추측하던 그 친구도, 막상 그 내용을 듣고 나서는 도와줄 대책이 전혀 없었다.

두 친구는 다시 말없이 강물을 보고 있었다. 한참 후, 그 친구가 말했다. "친구야, 너 혼자 어떻게 떠날래. 같이 가자." 그러면서 수면제 반쯤을 입에 털어 넣고 소주 반병을 마셨다. 순식간에 일어난 일이었다. 나머지 반을 단짝 친구가 먹고 마셨다. 이런저런 이야기를 하던 두 친구가 약효를 느끼자, "저승에서 만나자." 하면서 악수를 굳게 나누었다. 가방을 베개로 삼고, 모자로 얼굴을 덮고 누웠다.

한참 시간이 흘렀다. 그 친구는 뭔가 따끔따끔하면서 이상한 소리가 난다는 것을 알았다. 저승에 도착했나보다 생각한 그 친구는 눈을 살그머니 떴다. 땅에 떨어져 있는 자기의 모자가 보였다. 벌떡 일어나보니, 오른쪽 뺨은 햇볕에 그을려 벌겋게 부어올랐고 단짝 친구는 코를 골면서 자고 있었다. 툭툭 깨워 터덜터덜 걸어 내려와서, "월요일에 학교에서 보자." 하면서 헤어졌다.

10대는 의리에 살고, 의리에 죽는다.

20대는 정의에 살고, 정의에 죽는다.

세상은 불공평하고, 기성세대는 불공정하면서 비겁한 세대라고 이미 결론 내렸다. 조금이라도 이상하면 바로 고칠 태세다. 조그만 일에도 참지 않는다. 작은 일에도 목소리를 높인다.

지켜보는 주위 사람들이 아슬아슬하다고 느낀다.

30대에 접어들면, 무너뜨릴 수 없는 사회의 거대한 벽을 조금씩 느끼기 시작한다. 점차 무기력해지고, 어쩔 수 없음을 서서히 느낀다.

어느 우스개 이야기이다.

토끼가 용궁에 잡혀 왔다. "간을 내놔라."라고 용왕이 말했다. 토끼는 집에 두고 왔다고 대답했다. 토끼를 빤히 쳐다보던 용왕이 말했다. "저놈, 지난번에 집에 있다고 거짓말하고 도망간 그놈 아니냐. 당장 꺼내라." 토끼의 몸을 샅샅이 수색했지만, 정말 없다. 그러자 토끼는 만사가 귀찮다는 듯이 낮은 목소리로 말한다. "용왕님, 나이 마흔이 넘도록 직장에서 버티려면 간이고 쓸개고 다 빼놓고 다녀야 합니다."

50대는 위기의 연속이다.

아이들의 졸업, 취업, 결혼이 톱니바퀴처럼 맞물려 있다. 하나라도 삐끗하면 제자리로 돌리기가 너무나 어렵다. 이미 자신도 명퇴당했든지, 아니면 명퇴 1순위에 올라가 있다.

모든 것이 불안정하다.

60세가 되어도 형편은 그렇게 썩 나아지지 않는다.

하지만 세상 경험은 충분히 했다. 작은 쪽배에 홀로 앉아 세상 어느 곳에 부딪히더라도 버텨낼 요령도 생겼다. 인생 뭐 별거 있나, 소주 한 병이면 충분하다. 그냥 가보자!

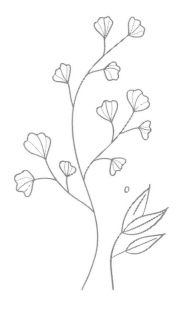

쩍

고등학교 1학년 기말고사 첫째 날이었다.

학교에서 가장 무섭다고 소문난 선생님이 시험 감독관으로 들어왔다. 그 선생님은 아이들의 시험지 배부가 모두 끝나자, 간단하게 말했다.

"시험을 시작한다. 지금부터 '쩍' 소리라도 내는 녀석은 죽는다."

그러자, 누군가가 '쩍' 했다.

그 '쩍' 소리가 난 후 몇 분간은, 영화 '친구'의 그 장면과 거의 흡사하게 진행되었다.

첫째 날 시험이 모두 끝나자, 엄청나게 얻어맞은 그 친구가 속한 동아리방에서 회의가 열렸다. 동아리 멤버들이 모두 모여서 회의했다. 참을 수 없는 일이 발생했다고 결론이 났다.

그날 저녁, 동아리 멤버들이 모두 모여서 그 선생님 집으로 갔다. 우리 식으로 표현하면, 쳐들어갔다.

그 선생님은 정보를 미리 입수했는지 가족들을 다 내보내고 혼자 있었다. 안방에 술상을 차려놓고 아이들을 기다리고 있었다.

그날 밤 사제 간의 화해의 술자리가 열렸다.

역시, 10대는 의리에 살고 의리에 죽는다.

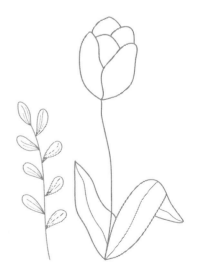

인연

어느 봄날의 일요일이었다.

아침에 눈을 뜨고 먼저 창밖을 보았다. 화창한 날씨였다. 전날 친구에게서 전화가 왔었다. 은행에 다니는 다른 친구가 여직원 3명을 데리고 올 것이니, 함께 통도사로 놀러 가자는 것이었다. 기특한 녀석들이었다.

약속 시간에 맞춰서 시외버스 터미널로 갔다. 정말 봄이었다. 하얀 모자, 빨강 모자를 쓰고 파란색, 초록색 배낭을 멘 청춘들이 와글와글 부산하게 움직이고 있었다. 터미널 안에 있는 다방으로 갔다. 전화를 건 친구가 먼저 와 있었다. 이런저런 이야기를 나누면서 멋진 아가씨 3명과 진짜 기특한 녀석 1명이 나타나기를 기다리고 있었다.

약속 시간으로부터 10분이 지났지만, 그들은 보이지 않았다. 불길한 예감이 들었다. 30분이 지나자, 몸에서 바람이 빠지는 듯 머리가 꺾이면서 몸이 옆자리로 기울기 시작했다. 정확하게 1시간이 지났을 때 자리에서 일어섰다. 둘이라도 가자. 근처에 있는 시장으로 가서 몇 가지 품목을 샀다. 그리고 천천히, 아주 천천히 걸어서 돌아왔다. 터미널 내부를 다시 찾아봤지만, 그 나쁜 인간들은 보이지 않았다.

또 문제가 생겼다. 통도사로 가는 버스가 이미 만원이었다. 다음 버스를 기다리는 사람들의 수를 대충 보니 다음 버스도 어려울 것 같았다. 그런데, 옆에 빈자리가 있는 다른 버스가 보였다. 내원사행 버스였다. '통도사면 어떻고, 내원사면 어떠리.' 합의되자 버스를 탔다. 중간 정도에 앉았다. 잠시 뒤, 아가씨 2명이 탔다. 그들은 뒷좌석에 앉을 모양이었다. 우리 옆을 지나는 순간, "어, 어" 소리가 들렸다. 알고 보니, 나만 빼고 내 친구와 그 아가씨 2명은 회사는 다르지만 같은 빌딩에 근무하고 있었다.

내원사에 내려서 자연스럽게 점심도 함께 먹고, 또 자연스럽게 짝을 나눠 내원사 경내를 돌았다. 그 아가씨 이름은 김경희라고 했다. 하지만 내 귀에는 김정희로 들렸다. 이런저런 이야기를 하다가, 그 아가씨가 가끔 테니스를 한다고 했다. 또 당연히 자연스럽게, 다음 일요일에 우리 동네 대학교의 테니스 코트에서 테니스를 하기로 약속했다. 그날은 그렇게 헤어졌다.

약속한 일요일 아침에 집안에 문제가 생겼다. 테니스를 할 수 없는 상황이 발생한 것이었다. 할 수 없이 114에 그 커피숍 전화번호를 물어서, 10시 정각에 전화했다. '김정희라는 손님이 있으면 바꿔달라' 라고 했고, 전화기 너머로 찾는 방송이 들렸고, 그런 손님은 안 계신 다는 대답이 돌아왔다. 완벽하지는 않지만, 기본 의무는 다했다고 생각했다.

몇 달이 흐른 어느 날이었다. 누나한테서 전화가 왔다. "절에 계시 는 스님한테서 전화가 왔는데, 어느 신도님 집에 예쁜 처자가 있다 는데 한번 만날래?" 세상에 예쁜 처자를 싫어하는 사람이 어디에 있 나. 약속 시간에 맞춰서 약속 장소로 갔다. 정말 예쁜 처자가 있었 다. 그 부모님도 함께 있었다. 이런저런 이야기를 하면서 슬금슬금 보았는데, 정말 예뻤다. 그런데, 그 아버지나 어머니하고는 전혀 닮 은 데가 보이지 않았다. 하늘에서 떨어진 선녀인가 하는 생각이 들 었다. 그 후 선녀랑 몇 번을 더 만났다. 그녀는 정말 예뻤다.

선녀랑 만나던 어느 날, 서울로 며칠간 출장 갈 일이 생겼다. 서 울의 밤이 깊어가고 화려한 네온사인이 번쩍거리자, 갑자기 선녀가 보고 싶어졌다. 이번에 내려가면 결혼하자고 말해야지, 그렇게 결심 했다.

출장에서 돌아온 다음 날, 선녀에게 전화했다. 그런데 선녀는 더 이상 만나지 않겠다는 것이 아닌가. 끈질기게 이유를 물었더니, 어머니가 못 만나게 한다는 것이었다. '뭐, 어머니가, 무슨 숨겨놓은 날개옷을 찾았다는 말인가, 도대체 무슨 말인가.' 이렇게도 이야기하고 저렇게도 이야기해서, 겨우 선녀가 사는 동네의 다방에서 만날 수가 있었다. 또 끈질기게 이유를 물었더니, 선녀가 하는 말은 처음에는 황당했다. "어머니가… 너무 가난해서… 결혼을 하면, 해야 할 숙제도 많고… 나도 그렇게 생각하고요." 아니, 내가 가난한 줄을 처음에는 몰랐다는 말 아닌가. 절에 계시는 스님께서 거짓말을 했을 리는 없을 텐데. 그러다가, 돈에 관심이 많은 사람과 함께 살면 나중에 내가 피곤해질 수 있겠다는 생각이 들었다. 조용히 일어서서 커피값을 계산하고 집으로 갔다.

　그리고 몇 달이 지난 어느 날, 우연히 그 내원사 아가씨를 다시 만났다. 한 달 전쯤인가, 내 친구가 있던 빌딩에서 내가 있는 빌딩의 옆옆옆 빌딩에 있는 영업소로 옮겨왔다는 것이었다. 그날 1층에 있는 은행에 회사 자금을 예금하러 왔다가, 엘리베이터에서 내리는 나와 정면으로 만난 것이었다. "이번에도 안 나타나기만 해봐라. 어쩌고저쩌고 중얼중얼, 알겠죠!" 당당한 채권자의 협박성 발언과 "이번에는 꼭 나가겠습니다." 미안해하는 채무자의 공손한 대답이 몇 번씩이나 반복해서 오고 간 후 헤어졌다. 그리고 그날 퇴근 후 약속대로 만났다. 나는 공손하게, '급한 일이 생겨서 못 갔지만 전화했었다.'라고 말했다. 그런데, 그 아가씨는 그 방송을 들었다는 것이 아닌가. "아니, 왜 전화를 안 받았습니까?" "아니, 또렷하게 김정희 씨를 찾는데, 김경희 씨가 어떻게 전화를 받나요?" 그렇긴 하네. 그 후 특별한 일이 없는 토요일 오후에 만나서, 테니스도 치고 시원한 맥주도 마시고, 간혹 영화를 보러 가기도 했다.

그 아가씨를 만나기로 한 어느 토요일 아침에, 누나에게서 전화가 왔다. 뭔가 신나는 목소리였다. "절에 계시는 스님한테서 또 전화가 왔는데, 어느 신도님이 네 이야기를 듣고 '사람만 똑똑하면 되지 가난이 문제가 되나, 가난하면 내가 집을 한 채 사주지' 이렇게 얘기했다는데, 그 신도님 딸을 한번 만나볼래?" 뭐, 집 한 채! 이건 완전히 빈 집에 소 한 마리가 뚜벅뚜벅, 뭐 그런 속담 이야기 아니냐! 갑자기 나도 신이 났다. 그런데, 문제가 있었다. 오늘 오후에 그 아가씨를 만나기로 되어 있었다. 하지만 지난번 아가씨가 너무나 강렬한 인상을 남긴 탓인지, 이 아가씨에게는 그다지 매력을 못 느끼고 있었다. 그래도 이 아가씨는 내가 한 번 사면, 자기가 꼭 한 번 샀다. 그 점은 무척 좋았다. 하지만 집 한 채에는 전혀 비교되지 않는다. 짧은 순간 동안 머릿속에서 핑핑 모든 상황이 정리되었다. 나는 말했다. "누나야, 오늘 그 아가씨를 만나기로 했는데, 나도 별 매력을 못 느끼고 있거든. 그래서 오늘 만나서, 그만 만나자 얘기해야겠다. 내일 점심때 누나 집으로 갈게. 그때 얘기하자."

약속 시간보다 훨씬 더 일찍 커피숍으로 갔다. 누나에게는 쉽게 말했지만, 어려운 문제였다. '그만 만나자.'라는 말은 젊은 나로서 쉽게 할 수 있는 말이 아니었다. 커피숍 분위기도 파악할 필요가 있었고, 뭔가 준비할 시간도 필요할 것 같았다. 역시 그 아가씨는 아직 오지 않았다. 평소보다 약간 더 구석진 자리에 앉았다. 그러고는 그 신도님으로부터 어떤 집을 받을지는 모르지만 일단 우리 동네에 있는 작지만 예쁜 이층집을 한번 생각하고, 탁자에 있는 물을 한 모금 마시고, 헛기침을 몇 번 했다. 그리고 편안하게 몇 번 숨을 고른 후, 법당의 스님처럼 조용히 주문을 외우기 시작했다. '그만 만납시다, 그만 만납시다, 그만 만납시다…'

아가씨의 얼굴이 보였다. 아가씨는 방긋방긋 웃으며, 사뿐사뿐 걸어와서 내 앞자리에 앉았다. 하지만 나는 같이 웃어줄 기분이 아니었다. 아가씨는 이상한 분위기를 느꼈는지 곧 차분해졌다. 별로 의미가 없는 말들이 드문드문 이어지고, 커피를 마시면서 나는 '그만 만납시다.' 말할 기회를 노리고 있었다. 드디어 '그만…' 하려던 순간이었다. 아가씨가 핸드백을 부스럭부스럭 뒤지더니 뭔가를 꺼냈다. 약간 붉고, 약간 동그란 뿔테 안경이었다. 아가씨는 안경알을 호호 불고 나서, 그걸 척 썼다. 갑자기, 내 앞에 예쁜 여선생님이 다소곳이 앉아 있는 것 아닌가! 누군가가 내 커피에 뭔가를 슬쩍 넣었던 것이 효과를 발휘하는 것 같은, 그런 상황이 벌어졌다. 나는 눈을 껌

벅껌벅거리다가, '그만 만납시다.' 말 대신에 "그만 나갑시다. 우리 동네 대학교 앞에 있는 그 카페에 가서 칵테일 한잔합시다." 하면서 엉거주춤 일어섰다. 아가씨는 어리둥절한 표정을 지었다. '이 남자, 갑자기 왜 이래?' 그런 표정이었다. 커피숍을 나온 후, 나는 성큼성큼 걸었고 아가씨는 슬금슬금 따라왔다.

그 카페에서 나는 둥근 레몬 조각이 비스듬히 들어 있는 진토닉 2잔을 마셨고, 아가씨는 빨간 색깔이 퍼져 있는 이상한 이름의 칵테일 1잔을 마셨다. 그날도 나는 커피값과 택시비를, 아가씨는 칵테일값을 냈다.

일요일 점심쯤 누나 집으로 갔다. 누나는 나를 보자, 환하게 웃었다. 두 팔을 번쩍 들어 개선장군을 맞이할 태세였다. 나는 뒷머리를 긁적이며 주인집 마루를 보면서 말했다. "누나야, 아무래도 그 아가씨랑 결혼할지 모르겠다. 그러니까, 누나가 스님한테 죄송하다고 전화 좀 해라." 누나는 나를 빤히 쳐다보다가 뭔가를 상상한 듯, 실망스러운 목소리로 "아… 알았다." 하면서 돌아섰다. 돌아서는 누나의 그 표정에서 나는 분명히 느낄 수 있었다. '어이구, 저 등신. 백 년 묵은 여우한테 당했구먼. 어이구, 내가 미쳐.'

몇 달 후, 나는 그 아가씨를 누나에게 인사시키려고 누나 집으로 함께 갔다. 누나는 하마터면, '너 왔구나. 백 년 묵은 여우도 함께 왔구나.' 말하려고 하다가, "너 왔구나. 배액, 같이 왔구나." 가까스로 바꿨다.

결혼 후, 누나는 가끔 우리 집에 차를 마시러 왔다. 결혼 후 몇 년 동안은 좁은 부엌에서 차를 끓이려고 돌아서 있는 아내의 뒤통수를 보면서, '저 백 년 묵은 여우, 저걸 그냥 콱.' 하는 표정을 가끔 지었다.

변심

오다 노부나가는 일본에서 칼싸움으로 해가 뜨고 칼싸움으로 해가 지던 시절에 작은 지방의 영주였다. 그는 주변의 강적들을 차례로 물리치고 일본의 통일을 거의 앞둔 시점에 부하 장수의 배신으로 죽고 만다. 『대망』이라는 책의 20권 중 6권 정도에 죽는 것으로 나오는데, 그가 죽은 후의 나머지 14권에 대해서 흥미가 갑자기 반감되었다는 것이 대다수 독자의 의견이다.

『삼국지』에서 조조도 중국의 통일을 앞두고 늙어서 죽는다. 하지만 조조가 죽고 나서 『삼국지』 읽는 재미가 없더라 하는 독자는 거의 없다. 조조가 중심이 되어 흘러가던 시절에도 독자들은 유비 삼형제나 제갈공명이 나오는 부분을 더 좋아했다.

두 사람 모두 자기 나라의 통일을 거의 앞둔 시점에 죽었지만 오다 노부나가는 사람들에게 좋은 인상을 남기고, 조조는 그저 그런 인상을 남긴 이유는 뭘까?

아마 두 사람의 행동 차이 때문일 것이다. 오다 노부나가는 강한 적을 만나면 그 강적의 약한 부분을 공격하거나 자신의 장점을 이용하여 정면으로 싸워서 이겼다. 하지만 조조는 강한 적을 이기기 위해 잔꾀와 술수를 썼기 때문일 것이다.

이렇듯 사람들은 본래 비겁한 행동보다는 정정당당한 행동을 좋아하는 순수한 마음을 가지고 있다. 하지만 이러한 순수한 마음도 딴 목적이 생기면 완전히 바뀐다.

어떤 언론인이 방송에서 이렇게 말했다.

"국회의원을 한 사람, 한 사람 만나서 이야기해보면 모두가 정상적인 사고를 하는 합리적인 사람들인데 자기 당으로 돌아가서 하는 이야기를 들어보면 어떻게 저런 식으로 이야기할 수 있는지 정말 이해가 안 된다."

이라크에는 같은 이슬람교를 믿지만 숭배 형식이 약간 다른 두 종족이 살고 있었다. 후세인의 철권 통치하에서는 서로를 위로하며 함께 살았다. 후세인이 죽고 난 후부터 정치적인 이유 등으로 한 종족이 다른 종족을 공격하기 시작했고, 공격당한 종족은 공격한 종족에게 보복하는 피의 악순환이 벌어졌다. 핏자국이 여기저기 선명한 바닥에서 한 여인이 울부짖었다. "나는 내 남편과 내 아이를 죽인 그 아이를 알고 있다. 그 아이는 예전에 내 아이와 사이좋게 놀던 그 아이였다."

르완다에는 살결이 새까만 다수 종족과 약간 덜 새까만 소수 종족이 함께 살고 있었다. 벨기에가 지배하고 있을 때, 덜 새까만 종족이 우대받았다. 벨기에로부터 독립을 한 후, 차별당하고 있던 새까만 다수 종족의 보복이 시작되었다. 새까만 종족의 테러가 극심하던 어느 날, 덜 새까만 종족이 주로 모여 사는 마을에 한 여인이 나타났다. 그 여인은 그 마을 출신으로서 공직을 맡고 있었으며, 대부분의 마을 사람들이 신뢰하는 여인이었다. 그 여인이 말했다. "오늘 밤에 마을 운동장에 모이세요. 적십자에서 음식을 나눠주면서, 뭔가 대책을 말해줄 것입니다." 그날 밤에 마을 운동장에서는 기관총이 난사되고 수류탄이 터지고 그래도 살아남은 자들은 칼에 베이는, 지옥의 한 장면 같은 모습들이 연출되었다.

어느 지역에 살든, 어떤 종족이든, 어떤 피부 색깔을 가지고 있든지 간에 사람들은 똑같다.

'겉으로 봐서는 모른다. 속은 더 알 수가 없다.'

이상한 나라

옛날 옛적에 이상한 나라가 있었다.

그 나라의 백성들은 이상하게 모두 다 똑똑하고, 모두 다 정의로웠다. 어떤 백성이 한 가지라도 잘못하면 많은 백성이 나서서 그 사람을 가리키며 흥분했다. 자기 일과 전혀 관계가 없는 일인데도 자기 일처럼 나서서 비판과 비평을 했다.

하지만 그 똑똑하고 정의로운 백성들에게는, 다른 나라 백성들은 이해하기 어려운 한 가지 원칙이 있었다. 어떤 백성이 잘못하더라도 자기편 사람이면 조용히 먼 산의 경치를 감상하거나 자기 일만 열심히 했다. 따라서 언제나 상대편 사람들에 대해서만 흥분하고 비판하는 것이었다.

예를 들어 자기편 사람이 "나, 전봇대를 이쑤시개로 쓸 거야." 이렇게 말하면, "아주 재미있고 유머가 넘치는 사람이네." 혹은 "상상력이 풍부한 사람이네." 이렇게 말했다.

그러다가, 상대편 사람이 "밥 먹은 후에는 이쑤시개가 필요해." 이렇게 말하면, "멍청한 녀석, 당연한 것을 왜 말해." 혹은 "나무를 사랑해야지. 모든 사람이 이쑤시개를 하루에 하나씩만 써도 얼마나 많은 나무가 베어지는지 알기나 해.” 이렇게 말하면서 비판했다.

그런데, 남의 일에 대해서만 편파적으로 행동한 것이 아니었다. 자기 일도 마찬가지였다. 상대편 사람이 한 가지라도 잘못하면 자기 일도 아닌데도 그 사람에게 손가락질하면서 흥분하였지만, 막상 자기가 잘못하면 조용히 먼 산을 쳐다보거나 자기 손가락을 호주머니 속에 슬그머니 숨겼다.

그 이상한 백성들을 쳐다보고 있던 이웃 나라의 어떤 백성이 고개를 갸웃거리며 말했다.
“각자 모두가 다른 사람을 비판할 것 아니라, 그냥 각자가 자기 일만 제대로 열심히 하면 모두가 일을 잘하는 셈인데.”

또 하나, 그 똑똑하고 정의로운 백성들에게도 어쩔 수 없는 문제점이 한 가지 더 있었다.
하나를 보면 열을 알 수 있을 정도로 너무나 똑똑해서 생긴 문제였다. 돈이 문제였다.
돈은 겉으로 보면 어떤 가치를 표시한 단순한 종이였지만, 그 똑똑한 백성들에게는 척 보기만 해도 열 가지가 넘는 효과를 가진 특별한 종이였기 때문이었다.

돈의 표면에는 멋진 임금님과 온화한 모습의 할머니가 그려져 있고 작은 글자와 숫자들로 단순하게 채워져 있었지만, 그 안에는 멋진 나라로 갈 수 있는 비밀 지도가 숨겨져 있었던 것이다. 명품의 나라, 관광의 나라, 술과 여자의 나라, 부동산의 나라, 심지어 행복의 나라로 갈 수 있는 길이 숨겨져 있었던 것이다.

그러다 보니, 똑똑한 머리로 열심히 일해서 돈을 모으는 백성들도 있었지만 일확천금을 노리고 나쁜 짓을 하는 백성들도 있었고 심지어는 자신의 명예를 팔아서 돈을 끌어모으는 백성들도 있었다.

그 백성들과 함께 있던 이웃 나라의 그 백성도 돈에 관해서는 할 말이 없었다.

지구상 그 어떤 나라의 그 어떤 백성 중에서도 돈의 마력으로부터 자유로운 사람이 거의 없다는 것을 잘 알고 있었기 때문이다.

부끄러운 범죄

성폭행 범죄에 대한 판결이 들쑥날쑥 일관되지 못하다.

어떤 사람은 중형을 선고받지만, 어떤 사람은 가벼운 처벌을 받기도 한다.

비교적 가벼운 처벌을 받은 사유도 당연히 있을 것이다.

술 취한 상태에서 우발적으로 범행해서, 혹은 피해자가 적극적으로 방어 동작을 취하지 않아서, 혹은 피해자와 피해 보상 합의를 해서 등등일 것이다.

이렇게 볼 때, '성폭행 범죄 판결은 변호사 하기 나름'이라는 이상한 주장이 맞을지 모른다.

일반적으로 범죄를 저지르는 사람들의 심리 상태는 거의 비슷하다.

'에라, 모르겠다. 어떻게 되겠지.'

그러므로 성폭행 범죄를 막으려면, 그 처벌 내용을 명확하게 규정하고 있어야 한다는 것이다.

성폭행 범죄를 처음 저지르는 사람은 10년, 두 번째부터는 무조건

20년으로 단순하게 확정하여, 모든 국민이 처벌 내용을 '일반 상식'처럼 잘 알 수 있도록 하자는 것이다.

이 강력한 조치는 내 딸, 내 아내, 내 어머니를 보호하고 동시에 내 아들, 내 남편, 내 아버지를 보호하게 된다.

"회사 다녀오겠습니다." 씩씩하게 출근한 아들이 어떤 여성을 성폭행해서 경찰에 체포되어 있다는 전화를 받은 어머니는 어떻겠는가? 천둥 번개가 바로 머리 위에서 친 것처럼 큰 충격을 받을 것이다. 학교생활과 군대생활의 험난한 세월을 견디어 내고 이제 겨우 안정을 찾은 아들이, 한순간의 실수로 평생을 성범죄자로 등록되어 살아가야 한다는 사실에 절망감을 느낄 것이다. 그러다가, 피해 여성에게 모든 비난을 퍼부을 것이다. "얼마나 짧게 입고 어떻게 꼬리를 쳤으면, 착한 내 아들이 어떻게 그런 짓을…"

"회사 다녀오겠소." 평소와 같이 출근한 남편이 회식을 마치고 쓰러진 여직원을 모텔로 데리고 가서 성폭행했다는 경찰의 전화를 받은 아내는 어떻겠는가? 엄청난 충격을 받는 것은 마찬가지일 것이다. 그러다가, 역시 피해 여성에게 비난을 퍼부을 것이다. "술을 못 마시면 적당히 마셔야지, 어떻게 쓰러질 정도로 술을 마시나."

성폭행 범죄를 저지른 아버지도 마찬가지일 것이다.

음식을 만들면서 뜨거운 불 속에 손을 쑥 집어넣는 사람은 없다. 그 결과를 잘 알기 때문이다.

따라서 성폭행 초범자는 10년, 재범자는 20년이라는 규정을 '일반 상식'처럼 모두가 알고 있다면 누가 짧은 치마를 입고 꼬리를 친다고 해서, 혹은 누가 술을 마시고 쓰러져 있다고 해서 성폭행 범죄를 저지르지는 않을 것이다. 순간의 욕정이나 잠깐의 쾌락을 위해서 10년 또는 20년의 괴로운 감방생활을 선택할 남자는 거의 없기 때문이다.

우리 집의 여자와 우리 집의 남자, 모두를 지키자.
그리고 우리 아이들도 지키자.

군기 확립

이성보다는 야만이 횡행하던 1970년대 말 한겨울에 입대했다.

훈련소에 도착한 첫날부터 웃통을 벗은 상태로 이리저리 구르고, 뺑뺑이 도는 바람에 감기에 딱 걸렸다. 나만 걸린 것이 아니라 거의 모든 훈련병이 감기에 걸렸다.

바람막이 없는 야외 훈련장에 앉아서 교육받고 있을 때, 찬바람이 쌩 불어서 누군가가 "콜록콜록" 하면 그것이 신호탄이 되어 모든 훈련병이 한꺼번에 "콜록콜록" 하기 시작했다.

훈련소에서 가장 괴로운 시간은 저녁 점호 시간이었다.

모든 훈련병에게 여벌의 내의와 군용품이 지급되었는데, 군인정신을 강조한다는 명목으로 그 물품도 군인정신이 있어야 했다. 내의를 단정하게 개어서 두는 것이 아니라, 개었을 때 바깥으로 보이는 쪽에 빳빳한 종이를 넣어서 각을 세워서 개어두도록 지시가 떨어졌다.

그렇지만 빠른 속도로 병든 병아리가 되어가는 나에게는 그딴 지시는 소용없었다. 대충 적당하게 빳빳한 종이를 넣어서 개고, 졸기 시작했다.

처음에는 내무반 입구에서부터 차례대로 내의 각도 검사를 시작하더니, 일주일이 지나자 처음부터 나에게로 왔다. 원투 펀치와 이단 옆차기, 치고 막는 악순환이 시작되었다. 그때 병든 병아리의 생각은 단순했다. '그래도 훈련소 시간은 쉬지 않고 흘러간다.'

2주일이 끝날 무렵에 대반전이 일어났다.

쉬는 시간에 오줌 누러 갔더니 노랑 물이 아니라 빨강 물이 나왔다. 그날 훈련을 마치고 의무실에 갔더니 입실 명령이 내려졌다. 천국의 시간이었다. 푹신한 침대에 누워서 링거를 맞으며 거의 잠만 잤다. 사흘째 밤에 퇴실 명령이 내려졌다.

내무반으로 돌아온 나는 강인한 수탉이 되어 있었다.

그때 알았다. 내가 관리를 못했을 뿐이지, 엄마는 나에게 튼튼한 몸을 주었다는 사실을.

훈련소를 마치고 후반기 교육도 마친 후 버스도 타고 기차도 타고 트럭도 타고 배도 타고 다시 트럭을 타서 강원도 어느 골짜기에 있는, 내가 근무할 부대에 도착했다. 그 부대 정문을 지나는 순간 가슴이 철렁했다. 부대 정문 기둥에는 '군기 확립'이라는 네 글자가 또렷하게 새겨진 나무판이 붙어 있었다.

훈련소의 첫째 주 악몽이 떠올랐다.

사회에 있을 때의 나약한 정신과 안일한 태도를 없애고 군기를 확립한다는 명분으로 그 얼마나 빵빵이를 돌고, 걷어차이고, 이리저리 뒹굴고, 벌렁 뒤로 누웠다가 후다닥 일어났던가.

부대에 배치받은 후 몇 달간은, 군기가 확실하게 확립된 병사로 위장하면서 조심스럽게 군대생활을 했다. 그러던 어느 날, 나는 안도의 한숨을 크게 내쉬었다.

'군기 확립'이란 군기를 확립시켜 강인한 병사를 만들겠다는 '실행 문구'가 아니라, 현재 부대 병사들의 군기에 문제가 있으므로 언젠가는 확립시키겠다는 '예정 문구'였던 것이다.

그 후 조용히 평화스럽게 군대생활을 마치고 사회로 복귀했다.

5% 지시, 95% 확인

군대 용어 중에서 가장 마음에 드는 문구는 '5% 지시, 95% 확인'이었다. 이런 지시가 내려오면, 거의 완벽하게 이행된다.

지시한 후에 확인하고 또 확인하는데, 누가 감히 이행하지 않을 수 있겠나.

반대로 '95% 지시, 5% 확인'이라면 이런 지시는 완전히 이행되기가 어렵다. 지시 사항을 이행하고 있는데, 확인을 하는 것이 아니라 새로운 지시를 내리기 때문이다.

그러니까 어떤 지시를 받으면 열심히 하고 있다가, 새로운 지시가 내려오면 종전의 지시 사항은 어쩔 수 없이 내버려두고 새로운 지시 사항을 이행하게 된다. 그러다가 다시 새로운 지시가 내려오면 또 종전의 지시 사항은 내버려두고 새로운 지시 사항을 이행하기 때문이다.

대통령 선거가 시작되면, 모든 후보자가 엄청난 공약을 쏟아낸다.

대통령 후보자들에게 간곡히 부탁하고 싶다.

"제발 5가지 사항만을 공약하고, 대통령이 되면 꼭 그대로 이행해 주시기를 바랍니다."

그러면, 다음 대통령이 또 5가지 사항을 이행할 것이고,
그다음 대통령도 역시 5가지 사항을 완벽하게 이행할 것이다.

그렇게 계속되면, 100년 후 대한민국은 아무런 문제가 없는 '청정 대한민국'이 될 것이 분명하기 때문이다.

부부싸움

부부간의 의견 차이는 항상 발생한다.

남자와 여자가 태생적으로 좋아하는 물품이 다르고, 각자의 뇌 구성도 다르고, 특히 결혼하기 전에 각자가 자라온 환경이 다르므로 의견 차이는 선천적으로 발생한다고 볼 수 있다.

따라서 의견 차이가 거의 없다고 말하는 부부가 있다면, 그 부부는 '희한한 커플'이라고 보면 된다.

내가 젊었을 때, 의견 차이가 발생하면 간단하게 해결했다.

사소한 것일 때는 아내가 하는 대로 두었지만, 화가 날 정도인 경우는 화가 나는 그대로의 표정으로 큰 소리로 말했다. "뭐가 문제야. 왜 그렇다는 거야. 그만해!" 나의 화난 목소리에 심각함을 느낀 아내가 툴툴거리며 부엌 쪽으로 사라지면서 사건이 일단락되곤 했다.

점차 세월이 가면서 남편의 공갈포에 어느 정도 적응이 된 후에는 종종 빤히 나를 쳐다보면서 또록또록하게 말한다. "왜 화를 내면서 말을 하는데, 무엇이 잘못되었는지 정확하게 말하면 내가 틀렸다고 인정할게."

사실 부부간의 다툼은 국가 경제나 가정 경제를 뒤흔들 정도의 심각한 그런 것은 없고, 주로 사소한 문제로 발생한다. 그리고 부부간에 직접적인 문제가 생겨서 발생하는 경우는 드물고, 아이들을 포함한 주변 사람들의 말과 행동에 열 받아서 일어나는 문제가 대부분이다. 특히 기가 차는 것은 대부분의 다툼이 의견 차이로 발생하기 때문에, 이렇게 보면 이렇고 저렇게 보면 저런 경우가 대부분이므로 명확하게 '누가 옳다.'라고 단정 지을 수 없다는 것이다.

이런 상황에서 '무엇이 잘못되었는지 정확하게 말해보시오.'라고 아내가 말하는 단계에 이르면, 결과를 뻔히 아는 나는 씩씩거리면서 손사래를 치고 방문을 '꽝' 닫고 내 방으로 쑥 들어가버리는 것이었다.

내 휴대폰의 아내 이름 칸에 처음 입력된 명칭은 '김공주'였다.
자기가 김해 김씨이고 김수로 왕의 후손이라고 해서 그렇게 입력했다.

결혼생활이 오래되고 열 받는 상황이 자꾸 발생하면서 아내의 명칭을 바꾸기 시작했다.

어느 날은 '봉순이'로 바꾸었다.

대하드라마 '토지'에 나오는 그 멍청한 봉순이였다.

어느 날은 '움메'로 바꾸었다.

'그게 아니고, 그렇게 하면 안 된다.'라고 몇 번이나 말했는데 또 자기 방식으로 한 날이었다.

'소귀에 경 읽기'라는 생각이 들어서 그렇게 바꾸었다.

그런데 가만히 생각해보니, 내 말을 안 듣는 것은 두 딸도 마찬가지였다.

한꺼번에 바꿨다.

아내는 '움메 1', 큰딸은 '움메 2', 작은딸은 '움메 3'으로 바꾸었다.

그 후에도 무수한 명칭들이 나타났다 사라져갔다.

아내의 이름 칸에 '처'라고 입력했다가 아내로부터 잔소리를 들은 친구가 있었다. 그 친구는 집에서 놀고 있는 나를 보면서, "네 와이프는 천사야. 어떻게 십 년 가까이 돈 한 푼 안 벌어다줘도 밥을 꼬박꼬박 챙겨줄 수 있나."라고 말했다.

그래도 치솟는 화는 참을 수 없다.

바꿀 만한 다른 명칭이 생각나지 않을 때는 내 책상에서 조용히 기도한다.

 '하느님, 제발 저 징징거리는 천사 좀 데려가주세요. 대신 벙어리 천사 한 명 좀 보내주세요.'

안경

젊은 시절에 귀인을 만날 기회가 딱 한 번 있었다.

집 한 채를 주겠다는 부처님 같은 분을 만나기 위해서 내원사에서 만난 아가씨에게 작별을 통보하러 갔지만, 갑자기 요사스러운 안경을 쓰고 둔갑술을 부리는 바람에 귀인을 만날 기회를 놓쳐버리는 어처구니없는 상황이 발생했다.

아무리 파스칼 씨가 '인간은 생각하는 갈대다.'라고 말했다지만, 이런 상황까지 염두에 두고 한 말은 아닐 것이다. 인간의 가장 중요한 일이라고 할 수 있는 결혼을, 황금 덩어리가 아닌 안경 때문에 그 결정을 번복했다고 한다면 파스칼 씨나 당사자인 아내나 다른 사람 모두가 나를 나사가 하나도 아니고 한 다스쯤 빠진 정신 나간 인간으로 볼 것이 분명했다.

그래서 동네 호프집에서 아내와 맥주를 마시면서, 이 세상에서 나올 수 있는 온갖 헛소리를 다 지껄여도 안경에 관해서는 절대 말하지 않았다.

그러던 어느 날, 퇴근해서 집으로 돌아오니 아내의 안경이 바뀌어 있었다. 흑색 굵은 철사로 빙글빙글 돌려서 만든 것 같은 동그란 안경을 끼고 있었다.

무심한 대화가 이어졌다.

"어, 안경이 바뀌었네."

"응, 지난번 안경이 너무 오래되어서 바꾸었어."

"그래, 지난번 안경은?"

"응, 필요 없을 것 같아서 안경점에 두고 왔어."

지금 생각해보면, 그 안경 입장에서는 그편이 훨씬 나았을 것이다.

만약 그 안경이 아내의 화장대 서랍 속에 고이 있었다면, 아내와 심하게 다투고 나면 나는 맨 먼저 그놈의 안경을 꺼내어서 발로 쾅 밟았을 것이고, 후에 그 내막을 알게 된 아내도 마찬가지일 것이다. 내원사로 가서 무슨 일을 벌이겠다고 소리치기 전에 그 안경을 꺼내어서 하이힐 뒷다리로 와장창 박살을 내었을 것이다. 지금까지 살아 있었다면, 아마 죽고 또 죽고 몇 번이나 능지처참을 당했을지 모를 것이다.

어쨌든 나는 너무나 억울하다.

그 망할 놈의 안경 때문에.

영어 공부의 끝

영어 공부의 끝은 어디쯤일까?

간단하다.

중고등학생은 수능 시험 전날까지, 대학생은 입사 희망 회사에서 정한 토익이나 토플 등의 점수를 여유 있게 받을 때까지, 외국 회사 입사나 외국 유학을 원하는 학생은 회화 연습을 추가하면 될 것이다.

그런데 대학을 졸업하고 회사에 입사한 후에 영어를 별로 사용할 필요가 없는 사람들도 틈만 나면 영어책을 꺼내는 경우가 많다. 영어 실력이 갑작스레 늘지 않는다는 것을 알면서도, 영어 단어를 외우고 문장을 해석한다. '혹시나', '만약에' 때문이다. '혹시나' 또는 '만약에'의 경우에는 고등학교 때까지 대충 배운 영어로도 충분하다.

러시아 사람들에게 중고 자동차를 팔고 있는 어떤 업체의 회계업무를 맡은 적이 있었다.

그 업체 대표를 처음 만나서 업무 관련 이야기를 나누다가, 지나가는 말로 "러시아어를 잘하십니까?" 하고 물었더니, 그 대표는 씩 웃으면서 고개를 끄덕였다.

그 후 업무상 그 업체를 다시 방문한 어느 날, 그 대표가 러시아 사람과 직접 판매 상담하는 장면을 목격하였다. 사무실로 들어온 러시아 사람과 반갑게 악수한 그 대표는 러시아 사람을 회의용 탁자로 안내했다. 그 탁자 위에는 그 업체가 보유한 중고 자동차들을 찍은 사진첩들이 놓여 있었다. 사진첩을 넘기던 그 러시아 사람은 마음에 드는 자동차를 찾은 듯, 어떤 사진을 톡톡 손가락으로 쳤다. 그러자, 그 대표가 한 말은 단 세 마디였다. "Passport. 5,000 dollar. OK?" 그러자 그 러시아 사람은 알았다는 듯 고개를 끄덕이며, 다른 사진을 보기 시작했다.

이런, 아프리카 사람들에게 나도 자동차를 팔 수 있을 것 같았다. "여권, 달러, 오케이? 굿바이."

한문(漢文)

다음은 어느 우스개 이야기이다.

돈은 없지만 술은 마시고 싶은 두 친구가 터덜터덜 걸어서, 단골로 다니던 외상 술집으로 갔다. 앞에서 걷던 친구가 "쳇" 하며 돌아섰다. 뒤따르던 친구가 "왜 그러나?" 물었다. 앞서가던 친구는 심드렁하게 말했다. "외상 사절이란다." 낡은 술집 출입문에는 '立春大吉'이라는 종이가 비스듬히 붙어 있었다.

한문은 누가 인정하든 말든, 이미 우리의 말과 글 속에 한글화되어 들어가 있다.

신문이나 방송, 학생들이 배우는 책이나 회사 서류 속에 한글화된 한문이 들어가 있다.

스포츠와 한문에 관심이 없는 학생에게는 난센스 퀴즈와 같은 내용이 신문에 가끔 난다.

'어느 팀이 3연패를 당했지만, 이러쿵저러쿵하고 이렇고 저렇게 해서 결국 4연패를 이루었다.'

결국 1패가 더 늘었다는 말이 아닌가?

수업 교재나 교수님의 강의 내용에도 한문이 들어가 있다.

제대로 이해하지 못한 학생이 리포트를 제출하면, 읽고 있는 교수님은 헷갈리기 시작한다.

회사의 업무지침서나 공문에도 한문이 들어가 있다.

난감해하는 신입사원이 많다.

우리는 아름다운 곳이나 경치가 좋은 곳을 찾아 여행을 떠난다. 공간 여행을 하는 것이다.

하지만 과거로의 시간 여행은 직접 할 수가 없다. 과거로의 시간 여행은 그 시대 사람들이 쓴 글이나 남긴 책을 통해서만 할 수 있다.

한신의 군사에 포위당한 항우가 자결했다. 훗날 이를 안타까워하던 어떤 선비가 시를 썼다. 그 시의 한 구절에 '捲土重来'가 나온다. 고향으로 돌아가 준비를 한 후, '흙먼지를 일으키며 다시 돌아와서' 한 번 더 싸웠다면 하는 안타까운 마음이 나타난다.

힘든 시절을 보내고 있는 젊은이들이 읽어야 할 구절인 것 같다.

그 한신이 유방에게 버림을 받았다. '兎死狗烹'이라고 했다. '토끼 사냥이 끝나면, 쓸모가 없어진 사냥개를 삶아 먹는다.'라는 의미다.

우리 주변에서도 종종 일어나는 일이다.

몸이 피곤할 때는 편한 자세로 앉은 후 팔과 어깨의 힘을 쭉 빼고 아무런 생각 없이 잠시 퍼져 있으면, 우리 몸의 회복 기능이 작동하기 시작한다. 휴식은 최고의 보약이다.

머리가 복잡할 때는 단순하게 생각하는 것이 좋다.

수험생들의 자세: 尽人事 待天命

수험생들이 바라는 것: 苦尽甘来

군인과 공무원들의 자세: 有備無患

사업가의 자세: 事業報国

소매치기들의 전술: 声東擊西

도둑들이 흐뭇하게 쳐다보는 한문: 大道無門

성질 급한 사람들이 싫어하는 글: 順理

대책 없는 사람들을 낙담시키는 말: 各自図生

똑똑한 사람들이 모였을 때 나타나는 현상: 衆口難防

행동은 하지 않고 말만 많을 때: 百聞이 不如一見

헷갈리는 학생을 더 헷갈리게 하는 것: 四枝選多

술꾼의 만취 상태를 알려주는 말: 重言复言

삶

사람은 태어난 후 어떤 삶을 살아갈까?

사람의 일생은 99.99%의 일상적인 사건과 몇 건의 특별한 사건으로 이루어져 있다.

특별한 사건이란 입학, 졸업, 취업, 승진, 퇴직, 첫 만남, 결혼, 자녀의 출생, 첫 집 장만 등등 기념할 만한 중요한 행사를 말하며 살아가면서 매우 드물게 발생한다.

일상적인 사건이란 어제도 일어났고, 오늘도 일어나고, 내일도 일어나는, 그저 그렇고 그렇게 반복되는 우리의 일반적인 생활을 말한다.

따라서 우리의 삶은 대부분 평범하고 일반적인 생활로 이루어져 있다고 보면 될 것이다.

우리만 이렇게 구성된 삶을 살아가는 것은 아니다. 옛날 사람들도 그렇게 구성된 삶을 살았고, 우리의 후손들도 그렇게 구성된 삶을 살아갈 것이다.

그래서 수행을 오랫동안 하신 분들의 말과 글에서 '범사에 감사하라.'라는 표현이 자주 나타난다. 우리의 삶은 평범한 것으로 가득 차 있으니, 그 평범한 일상생활을 즐기며 감사하는 마음으로 살아가라는 것이다.

그런데, 성철 스님은 달랐다.

깊은 산속에서 무언가를 찾아 헤매는 젊은 청춘들에게 "우리의 삶은 평범한 것이니, 속세로 내려가서 평범하게 살아라." 하지 않고 "열심히 참선 공부하라." 하셨다.

우리의 삶에 또 다른 특별한 것이 있다는 말인가, 아니면 평생 사람들을 속여왔다는 말인가.

불교에서는 시간을 '겁'으로 표현한다.

그 뜻을 찾아보면 '겁'이란 가로, 세로, 높이가 각각 약 15㎞인 거대한 성안에 작은 씨들을 가득 채운 후 100년마다 그 씨 한 알씩 꺼내어도 끝나지 않은 시간을 말한다고 되어 있다. 시작은 있어도 끝은 없는, 거의 무한대의 시간을 말한다고 할 수 있을 것이다. 이 무한대의 시간에 비한다면 인생 100년은 거의 눈 깜짝할 순간에 불과할 것이다.

그러므로 그 짧은 순간을 희로애락에 빠져 허비하지 말고, 참선을 통하여 자신의 참자아를 찾아서 영원한 삶을 살아가라는 것이 성철 스님의 뜻일 것이다.

그렇다고 하더라도, 평범한 우리에게 인생 100년은 엄청나게 긴 세월이다. 자기가 좋아하는 일들을 하면서 평범한 것에도 감사하는 마음으로 재미있게 살다가 가자.

죽음

사람은 죽은 뒤에 영혼으로 존재할 수 있을까?

'귀신은 있다, 없다.'로 논쟁을 벌이면, 그 결론을 쉽게 낼 수가 없을 것이다.

여기에서 그 논쟁을 간단하게 정리한다면 다음과 같다고 할 수 있다.

'귀신은 없다.'라고 주장하는 사람들의 이야기를 요약하면, 다음과 같다.

사람의 심장이 정상적으로 활동함으로써 혈액을 몸 구석구석으로 보내게 되고, 그 혈액 속에 들어 있는 영양소와 산소 등을 공급받은 몸속 세포들이 생명을 유지하면서 사람들은 살아가게 된다. 만약 어떤 사유로 인하여 심장이 멈추면 필요한 영양소와 산소 등을 공급받지 못한 몸속 세포들은 생명을 잃고 분해되기 시작하면서 사람은 죽게 되고 결국 흙으로 돌아간다는 것이다. 그것으로 끝이라는 것이다.

이 주장은 사람들에게 나타나는 일반적인 현상을 의학적인 시각에서 설명한 것이므로, 잘못됐다고 지적할 부분은 없다.

'귀신은 있다'라고 주장하는 사람들의 이야기를 요약하면, 다음과 같다.

사람의 몸은 신체적 기능과 정신적 기능으로 구성되어 있는데, 어떤 사유로 인하여 신체적 기능이 멈추어서 사람이 죽게 되면 정신적 기능에 있던 그 사람의 영혼이 몸과 분리되어서 저승으로 간다는 것이다.

그러나 이 주장은 다음의 4가지 지적에 대하여 적절한 대답을 할 수가 없다.

첫째, 저승이라는 곳이 있다면 그곳의 위치를 밝히라는 것이다. 서울 상공 몇 ㎞에 있다 혹은 부산 앞바다 수심 몇 ㎞에 있다고 밝히라는 것이다. 정확한 위치를 말해줄 사람은 없다.

둘째, 저승이라는 곳이 있다면 그곳을 다녀온 사람이 있냐는 것이다. 온 세상 구석구석을 여행하는 한국인이지만 그곳에 다녀왔다고 말하는 사람은 없다.

셋째, 사람에게 영혼이 있다고 한다면 동물도 역시 영혼이 있어야 한다는 것이다. 원숭이, 소, 돼지도 영혼이 있어야 한다는 것이다. "친구들과 소주를 마시면서 삼겹살을 구워 먹고 밤에 잠을 자고 있는데, 시끄러워서 깨어보니 돼지 한 마리가 꿀꿀거리면서 기분 나쁘게 쳐다보고 있더라." 이렇게 말하는 사람은 아무도 없다.

넷째, 인간은 만물의 영장이다. 그래서 인간만 영혼이 있다고 하자. 2차 세계대전 당시 아우슈비츠 수용소에서 약 2백만 명 이상의 사람들이 죽었다. 사람들이 열차에 실려서 도착하면, 샤워시킨다고 속여 가스실로 보낸 후 독가스로 살해한 것이었다. 만약 먼저 죽은 사람 중 누구라도 영혼이 되어 수용소 소장 앞에 나타나서, 원망이나 질책 또는 따끔한 말 한마디만 했더라면 그렇게 많은 사람이 희생되지는 않았을 것이다.

이렇게 볼 때, '귀신은 없다.'라는 쪽이 이론상 우세한 것 같다.

저승으로 먼저 가신 수많은 분 중 누구라도 한마디만 해주면 간단하게 끝날 문제인데, 모두 다 말이 없으니.

인생무상(人生無常)

고향 마을 뒷산에 아버지 산소가 있다.

언덕처럼 낮은 산 아래를 지나서 조금 높은 산으로 올라가면 아버지 산소가 있다. 그 언덕처럼 낮은 산 정상에는 하늘을 배경으로 오래된 소나무들이 몇 그루 서 있다.

그 노송들은 언제나 구부정한 그 모습, 그대로였다.

하지만 그 노송 아래를 지나가는 우리들의 모습은 변해갔다.

처음에는 엄마 뒤를 올망졸망 따라갔다.

그러다가 앞서거니 뒤서거니 하면서 나란히 갔다.

나중에는 뒤에서 엄마가 먼저 가라 손짓했다.

결국 엄마도 그 산에 잠들었다.

재미있는 드라마에 나오는 탤런트들도 그랬다.

어릴 적 기억에는 엄청 예뻤고 엄청 멋있었다.

그러다가 조금 예뻤고 조금 멋있었다.

지금은 우리와 비슷하게 보인다.

고려가 망하고, 조선이 세워졌다.
선비 한 분이 고려의 옛 수도를 찾았다.
옛 모습은 그대로인데, 옛사람들은 없었다.
허망한 심정으로 시를 한 수 지었다.

오백 년 도읍지를 필마로 돌아드니,
산천은 의구하되 인걸은 간 데 없다.
어즈버, 태평연월이 꿈이런가 하노라.

그런데 자세히 보니,
오백 년 도읍지가 허망하다던 그 선비님도,
육백 년 전에 가시고 없는 것이 아닌가.

나도 떠날 준비를 해야겠다.
육십갑자 한 바퀴를 돌았고
이제 막 두 바퀴를 시작했으니,
마저 돌고 떠나야겠다.

이상한 회계사

나는 정상적인 생각을 가진 평범한 회계사다.

꼼꼼하게 업무를 처리하다가 가끔 덤벙대기도 하고 깔깔깔 웃다가 성질을 빽 내는, 그런 인간적인 분포를 보이는 지극히 정상적인 회계사다. 그렇지만 내 아내는 나를 이상한 회계사라고 말했다.

어느 날 가끔 가는 동네 호프집에서 아내와 둘이서 만고에 쓸데없는 소리를 주고받으며 신나게 맥주를 마시고 있을 때였다. 술기운이 약간 오른 아내가 주절주절 말했다.

"당신은 정말 이상한 회계사임이 틀림없어. 무슨 말인가 하면 말이야, 회계사라면 말이야, 돈에 관해서는 빠삭해야 되잖아. 그런데 내가 보면 말이야, 돈이 왼쪽에 있으면 당신은 오른쪽에 서 있는 거야. 또, 돈이 오른쪽에 있다 싶으면 귀신같이 당신은 왼쪽에 딱 가 있는 거야. 왜 돈이 안 되는 방향으로만 가는 거야? 무슨 회계사가 그래?"

이런, 쯧쯧쯧. 뭘 몰라도 제대로 모르는구먼.

남아 있는 맥주를 쭉 마신 후, 내가 말했다.

"잘 들어. 당신이 요리 프로그램을 보면서, 1번 뭐 넣고 2번 뭐 넣고 꼼꼼하게 적고 있는 그 노트에 내 말을 제대로 잘 듣고 잘 적어. 내가 누구야? 회계사. 돈 계산을 전문적으로 하는 사람. 그러니까, 돈에 관해서는 귀신같이 꿰차고 있다 이 말이지. 오늘 돈이 뭔지 확실하게 말해줄게. 내 말을 잘 기억했다가 노트에 잘 적어. 돈이란 '물 위에 떠 있는 풍선'과 같다 이 말이야. 바람이 내 쪽으로 불어오면 풍선은 저절로 내 쪽으로 오지만, 바람이 반대로 불고 있는데 풍선을 잡으려고 헤엄쳐 가면 나중에 힘이 빠져서 물에 빠져 죽는다 이 말이야. 그러니까, 돈이 왼쪽에 있는데 내가 오른쪽에 서 있는 것은 아직 때가 이르다 이 말씀이지. 그냥 자기 일을 열심히 하면서 때를 기다리면, 돈은 밀물처럼 쫘 밀려온다 이 말이야. 알겠어?"

내가 생각하기에도 멋진 이론을 펼쳤던 그날은 평소 주량보다 500cc 한 잔을 더 마셨다. 하지만 술은 그 무슨 근사한 구실을 대고 마시든지 간에, 언제나 우리에게 인정머리 없는 뒤끝을 사정없이 남긴다.

한 시간을 신나게 마시고 나면 하루가 괴롭고,
두 시간을 신나게 마시고 나면 이틀이 괴롭고,
세 시간을 신나게 마시고 나면 사흘 동안 빌빌댄다.